親が子供を鬱にする

白鳥 薫
SHIRATORI Kaoru

文芸社

目次

プロローグ

現在一組の男女が産む子供の数が少なくなってきており、親の期待がその子に集中してしまい、その期待をその子に押し付けるという傾向が増えているように思います。その子の負担が大きくなり過大なストレスを感じて病気にならないように、また自殺に走ってしまわないように、親は子供の気持ちを考えて、子供の気持ちに余裕を持たせる必要があります。些細な親の思い込みや方向づけが子供の人生を大きく捻じ曲げてしまったり、子供の人生を親のエゴでダメにしないように今、子育て最中のお父さん、お母さん、これから子育てをする新米パパ、ママにこの本を特に読んで欲しいと思います。

人生で最も輝いて美しいはずの二十代、特に人生が最高に楽しく、自由で、その後の人生を決めると言っても過言ではない二十代が、私にとって最悪でした。二十代の行動によって、その人がどのような人生を歩むかを決めると言っても過言ではありません。二十～二十五歳までの一年は、人生の五～二十年、またはそれ以上に相当するほど重要なのです。

私はある男性からの一枚のハガキ、祖母による拘束、大学側の書類（願書）のミスから始まる受験の失敗により憧れていた素晴らしい青春時代、輝かしい人生を経験することができませんでした。

私を取り巻く環境があまりにも悪すぎました。人の人生は環境次第で大きく変わってしまうのです。

その人を生かすも殺すも環境次第なのです。能力があるのに、それが充分に発揮できないのは残念なことです。

たった一枚のハガキに人生を狂わせられるなんて、情けないし、恐ろしいことです。

私は彼から返事が来ないことで自分自身を責め続けました。こんなことで悩み、苦しみ、自分を責め続けた自分自身に腹がたちます。砂上の楼閣のように私の人生が崩れてしまったのです。自分が崩したのでしょうか？

二十代の私はノイローゼで精神科通いでした。性格は暗くなり落ち着きがなくなり、苛立っていました。

普通、人は自分を高めるために努力するものですが、私は拘束などにより頭がおかしくなり、幻覚などの影響もあり、普通の人と真逆の、自分を低めるために努力していました。笑顔は消え、目つきは鋭くなり視点が定まらず、顔からは表情が消え、周りはどんよりとしていて色に例えると灰色でした。脈拍は速くなり、心臓は飛び出しそうに重く、苦しく、身体全体に痛みが走り、呼吸するのがやっとでした。

素晴らしい人生の基礎となる年、私は人生を自分のやり方で楽しみたくても楽しむことが出来ませんでした。実にもったいない人生を送ってしまいました。その年代こそ、世の中に出ていろいろな体験をしなければならないのに。青春がないというのは人生を味のない、つまらないものにしてしまいます。底なし沼のようにどこまでも落ちていく人生を送ろうとは、二十歳の頃は思いもしませんでした。二十代でそういう経験をしてしまうことは、その人の人生を狂わせてしまうのです。

同じ人間でも、自分の思い通りに自由に生きてきた人と、拘束を受け続けて思い通りに生きられなかった人とでは、将来が全然違います。私から見ると前者は運が良く、明るく楽しくキラキラ輝いた人生を送っているように見え、後者は私のように運が悪く、自信がなく、暗く、思い切った行動ができず面白くない人生を送っていると思います。

人は前に進む動物だと思います。自分の好きなように前に進もうとする行動を阻止されてしまうと、人は精神面や肉体面でおかしくなります。

人間は外に外に向かって行動するものですが、拘束はその行動を阻止し、内側へ入れようとします。身体が正常と逆になると考えも正常に働かず、一般常識から離れておかしくなるのは当然です。

私から言わせると、鬱(うつ)は「人間をやめますか？　どうしますか？」「生きますか？　死にますか？」の世界だと思います。

若い時は祖母に縛られ、年老いては母に縛られ、私の人生は逆境だらけ。自由がなく縛られた日々が長く続き、私は「統合失調感情障害」になってしまいました。この病気は私の経験から、幻覚、幻聴に操られ、自分自身がなく、自分のしたいように動けなくなり人生が楽しく感じられなくて、苦しくて自殺をしたくなります。

また、この病気の私は今まで身体や心が痛めつけられてきたせいか、自分の理想はあっても、その理想に向かって怖くて思いっきり動けず、失敗して挫折を繰り返してきたことで、脳が行動にストップをかけるのかわかりませんが、時々幻覚が現れてそれに怯えてしまい、何もできないのです。思い切った行動ができない、自分の好きなように動くことができなくて、怖くて思いっきり飛べないので、行動範囲もとても狭いです。

鬱になると、脳がその人を殺しにかかるような気がします。人生に夢や希望もなく、頑張ろうという気力もなく、無気力で悲しいことに、どうでもいいやと人生、なげやりになってしまいます。

祖母はやってはいけないことを私にやりました。それが拘束です。強い拘束が何年も続き、私は障害者となってしまいました。過干渉はその人の人生をダメにしてしまいます。家族が家族を潰すのです。拘束に殺されそうになるのです。絶対にあってはならないことです。家族はその人の行こうとしている道を邪魔してはいけないのです。二十代前半、人生一番いい時期に強い拘束を受けてしまったので、私の人生にとって致命傷となってしまいました。

後で近所の人に聞いたのですが、祖母は私が一人っ子なので遠くに行かせたくなく、地元に、自分のそばに置きたかったらしいのです。そこで、外に出たがる私をどこにも行かないように押さえつけたのだと思います。祖母にとって内孫は私ひとりなので気持ちはわかりますが、それは私にとってはいい迷惑でした。家族が家族の人生を壊しては絶対にいけないのです。もう二十歳をすぎた大人なのですから、その人の人生はその人に任せるべきなのです。家族は遠くから温かく見守ればいいのです。過干渉は普通の人より人生が遅れます。

祖母は明治生まれの人間ですので、本人を無視して家と家同士、親が決めた人と結婚しなさいという考えだったと思います。しかし、今は時代が違います。結婚は本人同士、結婚したいと思って結婚するのです。

家に閉じ込められたことによって、異性と出会う機会を失い、配偶者を見つけられず、この世で最も欲しかった自分の子供を産むことができませんでした。そのことを考えると涙が止まりません。恋愛をし、結婚をして、子供を産むことはおかしなことではなくて人間として当たり前のことで自然な流れです。私は子供を産んではいけないのでしょうか？　母親になってはいけないのでしょうか？　家族に結婚の話をすると嫌な顔をされ続けてきました。私は何のために生まれてきたの？　と今は亡き家族に聞きたい。男性と付き合うのがトラウマにもなってしまっているのですから……。

他の家の家族だったら、どうでしょうか？　こういう考えをするでしょうか？（私の考えですが、しないと思います）私の言うこと、しようとすることは何でも「ダメ、ダメ」で、封印されてしまいました。本当はもっと人格を尊重してほしかったです。

拘束は「～したい」という気持ちを否定し、押さえつけてしまうから、その人を無気力無感動にさせてしまいます。情熱、やる気を無くさせてしまいます。

家族は自分のことより子供の幸せを、もっと考えるべきです。


精神の病を患うと、一生を台無しにしてしまいます。快復までの時間が非常に長く、十年、二十年は当たり前、一生治らないという人もいると聞きました。目に見えないものだから、とても厄介なのです。

私は二十代に精神の病を患ってから現在に至るまで、躁鬱の状態を繰り返してきました。快復するまで個人差はありますが、非常に長い時間がかかります。一度きりしかない人生だというのに。その間は、飛躍的なことは何も出来ないのです。

人生を返してほしい。家族の人生ではなくて、私の人生なのです。自分の人生がなくなってしまうのです。その人の人生を決めるのは本人です。家族ではありません。

先ほども申しましたが、拘束が続くと正常な考えが出来なくなります。気持ちに余裕がなくなり、自分に自信がなくなり、自分が良いと思ったことや自分がしたいことを自分が否定し、自分が嫌なことをしてしまうのです。例えば自分を素敵に磨くことをしないで自分自身を否定するかのように、自分のレベルを落としていきます。何がいいのか判断がつかなくなります。俗にいう気が狂う状態になってしまうのです。これがノイローゼになる、ということで、自分のキャパシティがオーバーしてしまうのです。一方、心や身体に、遊び＝余裕があるとストレスが軽減され、脳の働きが正常になるのです。

またこの病は人の見方も変えてしまい、人がちっぽけに見え、素敵な人も魅力のない人に見えてきます。何を見ても感動せず、無気力無感動です。なぜ人はすごくなろうとするの？　すごくなってどうするの？　といった感じで、欲がなくなります。二十歳の時、彼から返事がこなくて自分を否定し続けて四十年以上たっていますが、躁鬱を繰り返し自分を否定してしまう身体になってしまいました。

二十代は人生の基本で、一生の生き方を決める最も大切な時期です。人生は一度きりなのです。どんなに望んでも時は戻ってこないのです。特に若いその大切な時期がダメになったら、その後、人生の修正、修復は非常に難しく、快復はなかなかできません。その人は明るく輝かしい素敵な人生を歩めなくなってしまいます、と言っても過言ではありません。

精神の病を患っている時期は前進がなく停滞していますから、その間、健常者より人生が遅れます。

目標に向かって難しい難関に取り組み、一生懸命頑張って目標に達成するよりも、鬱でいるほうが難しいのです。

目標に向かって行動するのは夢や希望がありますが、鬱はそれがありません。

少し長くはなりますが、私の半生を綴らせてください。

一章

私という一人の人生

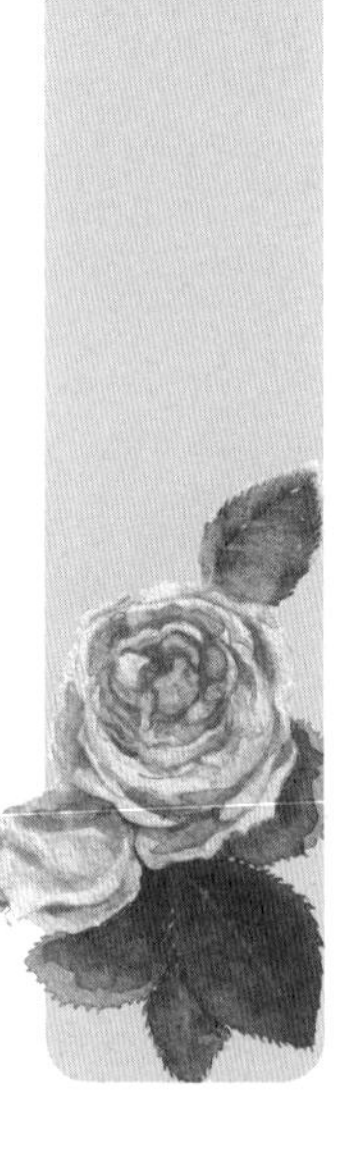

かわいい幼少期

一人っ子だった私は、蝶よ花よとかわいがられて育ちました。

いろいろと本を与えられては、すぐに暗記して家族を驚かせ、祖父はこの子はすごい人間になるかもと言っていたようです。

私は優しい父が大好きで、父の後ばかり追いかけていました。

私が何をしようともめったに怒らない父に、祖母は怒りなさいと叱っていました。

私の家は代々クリスチャンでしたので、祖母に連れられて教会に何度か通いました。

しかし祖父の実家はある有名なお寺の僧侶でしたので、祖母とは宗教がまったく違いました。初めは祖母だけ教会に通っていたのですが、一人だけクリスチャンではかわいそうだと、後に祖父は改宗して自分もクリスチャンになりました。

C叔母は歌がとても上手で、私はひどい音痴でしたので、C叔母の特訓で音痴から抜け出せました。彼女は私の母に似た太くて黒い私の髪の毛を羨ましがっていました。

幼稚園はキリスト教の幼稚園に通いました。

そこで中学校まで恐怖に怯えるようになる、いじめっ子の女のボス的存在に出会うのです。その女の子はとても気が強くて、とても怖い存在でした。

きれいな模様の折り紙というか、それを毎日持ってきて彼女にあげるのが日課となり、持って行かないと、いじめられたり無視されたり、それが嫌でほとんど毎日持っていきました。これは親も幼稚園の先生も知りません。

私は担任の先生が怖くて、他のクラスの優しい先生の後をついてまわっていた

千歳飴

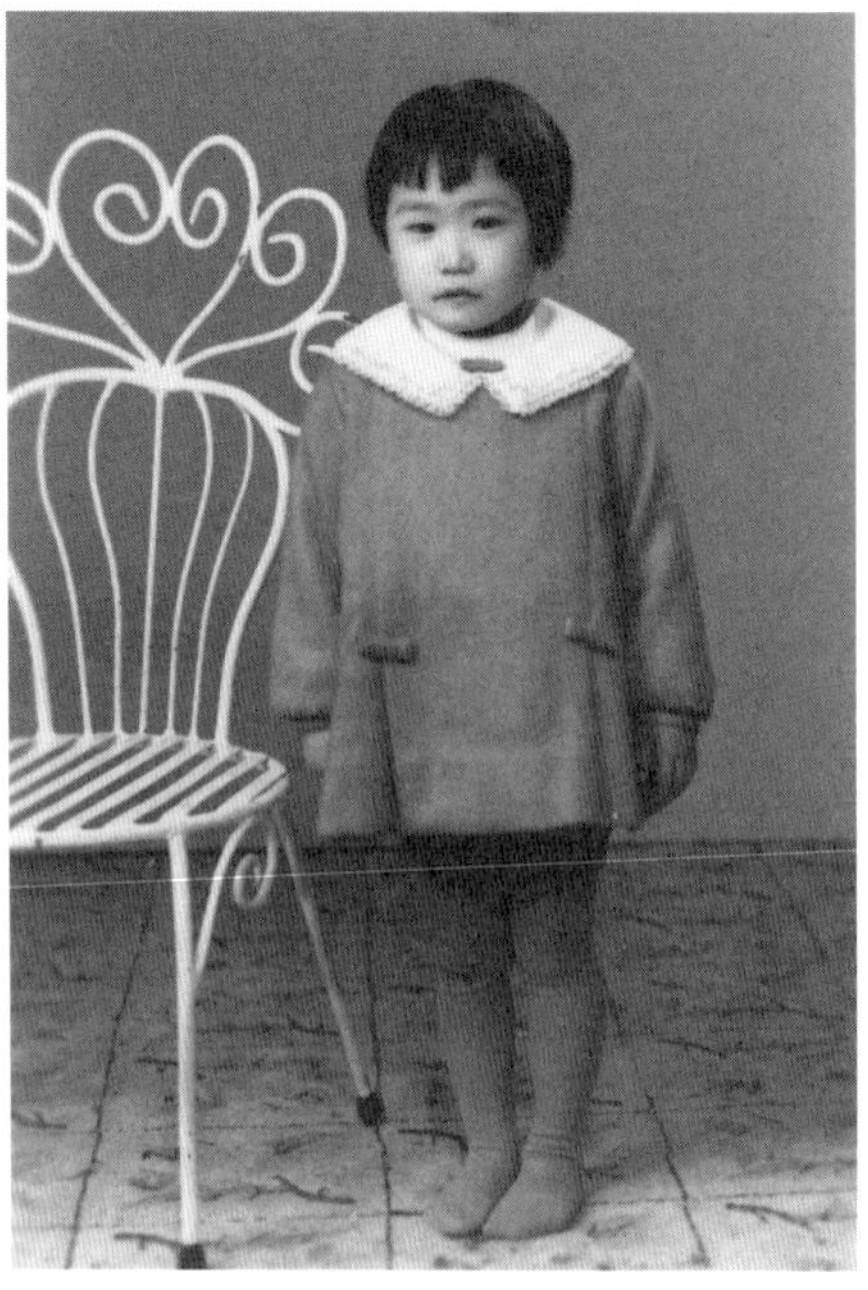

ように記憶しております。

校庭で帰る地区ごとの列に並ぶのですが、私は自分の列がわからなくて自宅とは逆の列に並んでしまって遠くまで行ってしまい、先生をハラハラさせたりしました。

幼稚園では週に数回ミサがありました。

また、この礼拝堂に立ち込めた香の匂いが嫌で、ミサは嫌いでした。マリア様の像も、あまり好きではありませんでした。

当時の私は、「神様は天からあなたたちを見ています」という教えをそのまま信じていて、天井を見ては、神様がいらっしゃるんだと思っていました。

父はバラが好きで、庭一面にきれいな花が咲いていました。そしてカナリアを十羽以上飼っていて、その後も増え続け、その鳴き声は幼い私の心を癒しました。

優等生的な小学生時代

この頃の私は洋服がおしゃれで、その服はよくB叔母が縫ってくれました。また、父に似て字が上手で、クラスから優秀な作品として選ばれ、賞をよく取る生徒でした。

一方で、一年生からピアノを習い始め高校まで続けましたが、これはあまり上達できませんでした。

一年生の時、私の通っている学校が火事になり、私のクラスの校舎も焼けてしまい、私の大切にしていたものが焼けてなくなってしまったことを覚えています。

当時の私は編み物が大好きで、ほとんど毎日何かを編んでいました。当時はB叔母が独身だったため、私たちと同居しており、父や母の代わりに構ってもらっていたのですが、教育熱心な人だったので「いつまで編んでいるの？　勉強しなさい」と言っては、編み物の途中でも無理矢理取り上げてしまいました。端から見ていた母は、そこまでしなくても、と心の中で思いながらも、面倒を見てもらっているという負い目からか、何も言えなかったと聞きました。

二〜三年の頃、幼稚園時代のいじめっ子と同じクラスになり嫌だなと思いました。

しかし幸いにもその他の友達には恵まれていて、二年生の時には、教師や友達の推薦で演劇の主役を務めたこともありました。

先生に「クラスでも身なりがきれいだ」と私ともう一人の女の子が言われ、私がかぐや姫役に選ばれました。当日、従妹たちが一番前の席で楽しみにして見てましたが、せっかくトリを努めたのにマイクのスイッチをオンにするのを忘れてしまい、声が聞こえなかったそうです。

当時は衣装などをすべて自分でそろえなければならず、かぐや姫のように髪が長くなかった私は、祖母の行きつけのパーマ屋さんにかつらを作ってもらいました。十二単は祖母が縫ってくれました。

その年は、私のいとこの友達の兄とクラスが一緒で、どちらがテストの点数が良いかなどと競争し、あちらのほうが少し良かったような気がします。

この頃、休み時間になると、ある男の子が私のところにやってきて、必ず私の身体を叩くようになりました。休み時間中、叩かれっぱなしで、どうしてか私だけを狙うのです。もちろん逃げたり応戦したりはしましたが、やはり敵いません。二〜三か月後にはもう一人加わり、二人で面白がって私を叩きに来るようになりました。毎日のように叩かれるので身体の一部がいつも赤く腫れ上がりました。

今から数年前、小学生が自宅に遊びに来た同級生を刃物で刺して殺したというニュースを目にしました。原因は、殺された同級生が、殺した小学生を二十回ほど叩いたからというものでした。それを見た時、私がされていたことは、やはり誰しもがこのように傷つくことなのだと思いました。しかし、同時にえっ？　とも思いました。それだけで殺すの？　と。私は二年間で何千回、何万回と叩かれているのに。

昔はおじいちゃん、おばあちゃん、子供にも兄弟姉妹など家族が大勢いました。周囲の大人たちが子供をみて教育していたし、年寄りへのいたわりが出てきて、兄弟に揉まれて我慢することも覚え、命の尊さやたくましく生きることが自然と身に付いたように思います。

しかし、現在の子供たちは核家族化で、おじいさん、おばあさんの教えや老人へのいたわりにも接することが少なく、昔ほど尊さを感じないのではないでしょうか?

兄弟も少ないので甘やかされて育ち、また両親が共働きで放任主義だと子供はさらに我慢することを学ばなくなってしまうのではないでしょうか? もちろん、両親がどのような教育をしているかにもよりますが。

四年生の時、私の教育係であったB叔母が嫁いでしまってから、私は優等生ではなくなりました。

しかし、小さい時からピアノを習っていたためか、この頃から音楽の才能が発揮されました。歌が上手で、クラス代表の二名に選ばれました。しかし大会であちこち行くのが面倒くさいから二人で断りました。音楽はますます得意になり、六年生の学芸会では笛を独奏しました。生徒の父兄たちには評判が良かったようです。

当時はそろばんも習っていて、近所にもそろばん塾がありましたが、私はB叔母の知人が教えているそろばん塾に通わされました。そこは一山をこえるくらい遠い場所で、そのためかどうかは知りませんが、肺炎になり入院して、クラスの友達が代わる代わるお見舞いに来てくれました。父が毎晩、病室に泊まってくれたのを覚えています。入院中か病み上がりのためか忘れましたが、卒業式には残念なことに出られませんでした。

目立たなかった中学生時代

中学校に上がると、いくつかの小学校が集まり人数も増えたためか、小学生の頃とは打って変わって目立たずに過ごすようになりました。成績も特にいいとは言えませんでしたし、彼氏がいたわけでもなく、これといって華やかな存在でもない、目立たないごくごく普通の生徒でした。

一年生の時の私のクラスの担任は女性の教師でした。私とは仲が良くなく、お互いにあまり好きではありませんでした。

後にその先生は私のいとこの担任になるのですが、彼は成績が良くて、とてもかわいがられていて彼の結婚式にもよばれて出席していました。私はあまり成績は目立ちませんでしたが、反対にいとこは学級委員で生徒会長に立候補した優等生でしたから。

二年生になると、一年の時に意識していた彼とは別のクラスになりました。理科の先生が女性の先生で、授業がとても面白く、学年でも我がクラスは理科の成績が良くて全校クラスで一番を取ったのが印象的です。

このころから何組かカップルができ、一緒に帰ったり、休み時間にイチャイチャしていましたが私には彼氏ができませんでした。

三年生では学級新聞と創作ダンスが学年で一位を取りました。

楽しかった高校生時代

学生生活で一番楽しかったのは高校時代です。私が通っていた当時の高校は、生徒の数の減少のため、後に他の高校と統合されて、今は校舎すら残っていません。現在、その場所には別な建物が立っています。出身校の名前がなくなるということは寂しいです。

この高校は、制服のデザインが全国上位になったこともあるそうで、私も気に入っていました。

運動部に入部しましたが、早朝練習と放課後練習でくたくたになり、これでは将来の夢であった薬剤師になれないと思い、運動部を辞めてしまいました。文化部に入部しましたがあまり活動はしませんでした。結局、薬剤師にはなれなかったので、今では運動部は辞めなければよかったと後悔しています。

勉強のほうは、得意なのは文系科目であったにもかかわらず、祖母の「薬剤師になれ」との一言で理系の勉強をすることになりました。苦手な理系の勉強は苦難を強いられました。自分の頭と相談して、得意な文系に進んだほうが良かったかもしれません。

夏期講習などにも参加したのですが、残念ながら実になりませんでした。

若い男性の先生が多く、女子生徒たちは三年生の十八歳と新米教師二十二歳で年は四歳しか離れておらず、教師と生徒が恋愛になるケースがありました。実際何組かは結婚しています。

女子高なので若い独身の男性教師の話題で常に盛り上がっていて、若い先生に苗字で呼ばれるより名前で呼ばれるとキャーキャー言って騒いだり、気に入った先生を見て赤くなっている生徒もいました。独身の体育の先生は特に人気がありました。

数学の時間はよく早弁をしました。私は時々後ろを向いて食べていました。堂々とお弁当を食べているのに、先生は黒板に向かって、もくもくと書いていて生徒のほうをあまり振り向かず、早弁しようが何をしようがおかまいなしという感じです。

人気がある先輩がいて、憧れの先輩を見かけるとみんなで騒いで、スター並みでした。

音楽室での合唱はロマンチックでした。音楽はいいなぁと感じていました。

ある時、全校集会で制服の靴下を統一するのに、三つ折りソックスがいいか、靴下がずり落ちないように留めるノリのようなソックタッチがいいか、バトルをしました。私は確か三つ折りソックス派だったと思いますが、その代表として討論しました。私のほうが不利でしたが、結局はまとまらずどちらにも決まりませんでした。

体育は得意でしたが、泳ぎが苦手で、クロールを二十五メートル泳ぐというのが卒業の条件でしたので、無呼吸で二十五メートル泳いだことは今でも忘れません。

修学旅行は京都・奈良で寺院巡りをしました。京都は庭がきれいだった二条城や銀閣寺などを見物しました。金閣寺に行けなかったことが残念です。

ホテルに宿泊して、就寝時間になると、私たちの部屋を担任の独身の男性教諭が見回りにきました。先生が帰った後、「女性の部屋を男性が見にくるなんてそんなことしていいの？」「いやらしいね」などとみんなでひそひそ話しました。

耳にピアスの穴を開けた生徒を先生が平手打ちしていました。今では生徒を叩いてはいけないし、そんなことをしたら問題になります。

人生が狂った最悪の二十代

大学受験は志望した薬学部は落ちてしまいました。

絶対に受かると思っていた文系の短大も落ち、駆け込み受験で合格した短大に入学しましたが、好きなクラブがなくて運動クラブで汗を流すことができず、つまらない学生生活を送りました。

オシャレをすることもなく、バンカラで平凡に二年が過ぎていきました。

最悪な人生は、コンパで知り合ったある男性のたった一枚のハガキから始まりました。

人生で最も美しく輝いているはずの二十代が最悪になるとは、いや、それどころかその後の人生も最悪になるとは、その頃の私には想像もつきませんでした。

短大時代は他大学との交流はほとんどありませんでしたが、大学のコンパで知り合った彼と喫茶店でお茶を飲み、映画を観たりしてデートをしました。

卒業すると、私はお世話になった下宿のおばさんに別れを告げ、実家に帰りました。一年間、資金を貯めて某大学に三年から編入学するつもりで帰省しました。編入学できたら、またその大学生と付き合いたいと思っていました。

しかしこの帰省が、私の人生を奈落の底に突き落とすことになったのです。


田舎に帰り、アルバイトをし始めてから数か月が過ぎた頃、彼のことが気になって仕方がありませんでした。完全に関係が途切れてしまうのは寂しくて嫌でしたし、大学に編入できたなら付き合いたいと思っていましたので、彼にアルバイトをしていること等の内容の手紙を書きました。大学の受験勉強をしていることは書きませんでした。

すぐに彼から挨拶程度の簡単なハガキが届きました。嬉しくてすぐ返事を書きましたが、いくら待っても返事が来ません。必ず返事が来るものだと思っていた私は、イライラが募り勉強に集中できなくなりました。今考えれば彼は、私が大学に編入しようとしていることや、また戻るつもりでいることなど知る由もなかったと思います。田舎に帰ってしまったなら、文通しても意味がないと思ったのかもしれません。

しかし、情けないことに、このたった一枚のハガキに私はこれから何十年も振り回され、苦しめられることになるのです。返事が来ないハガキは心にへばりついて鎖で身体を巻かれたように、私の気持ちの自由を奪ってしまうのです。私を手放したくないと思った祖母からの拘束により小さな部屋に閉じ込められると、このハガキは魔物になり、心の隅に存在し続けて気持ちを落ち込ませ、悪さをするのです。何気なく発した一枚のハガキに、私の人生は奈落の底に落ちてしまいました。返事がこないハガキに殺されそうになるのです。自分が落ち込み、自分自身を追いつめてしまうとハガキの返事がこないので自殺も考えました。

その時点ですっぱりと諦めてしまえばよかったのですが、新しい出会いがないのと、ハガキのことを忘れると彼とはもう会えないような気になり、また短大に劣等感を持っていた私は、彼のことを思うのをやめると軽い女と思われるのではないか？　などと滅茶苦茶な、くだらない考えをするようになってきて、バカな私は彼を忘れないようにしました。この忘れないようにしたことが大きな間違いだったのです。それで二年間、一日たりとも彼を忘れたことはありません。忘れそうになると無理に思い出しました。今考えると、なんてバカな考えをしたのだろうと思いますが、その時は忘れないようにするのが私の義務のように考えていて、自分で自分を苦しめていました。

それが精いっぱいだったのかもしれません。その行為は自分自身を拘束してしまい、ノイローゼにしてしまいます。気晴らしの手段がなく、部屋にこもると、返事が来ないのは私の容姿が気に食わないからか？　性格が気に食わないのか？と自分を責め続けました。こんなに思っているのが彼に伝わらないのに、義務みたいに彼を思っていた私がバカでした。

たった一枚のハガキに気持ちが揺れて、肝心の編入学の勉強が手につきませんでした。いくら待っても返事が来ない時点から、自分に自信がなくなり勉強方法も前向きに勉強に取り組む姿勢から、後ろ向きに取り組む姿勢に変わったのです。うまく言い表せませんが、いろいろな気持ちが邪魔をして、集中して受験勉強に取り組むことが出来ませんでした。

安全地帯の『ワインレッドの心』の歌詞にある「忘れそうな思い出をそっと抱いているより忘れてしまえば、今以上それ以上愛されるのに」というフレーズが心にジンと響いてきます。そのようにきっぱり忘れてしまえばよかったのに、それができなかった私、友達にいい加減に忘れろと何度も言われましたが、無理に彼を忘れないようにしていた私が愚か者でした。

どうしてそんな不毛どころか害毒にしかならないことをしてしまったのでしょうか。後悔しても後悔しきれません。

彼は自分が出したハガキが、こんなに私を苦しめているなんて頭の片隅にもないはずです。毎日思われているなんてその人は幸せね、とある友人は言いました。彼にとってはありがた迷惑かもしれませんが。

ましてや私が彼を思っていることは、彼は全く知らないと思います。知らないと思うなら、思い続けることをやめてしまえばよかったのに、当時の私にはそれができませんでした。

やりたいことに集中して取り組むことができないのは、自分のガラスのように弱いメンタルに原因があったということです。親身になって話を聞いてくれる相手も近くにおらず、異性との出会いが少なく、自由の利かない私にとっては、彼はとても大きな存在だったのです。

「家にいると余計なことばかり考えて仕方がないから、外に出して」と家族に懇願したのに。相変わらず外出は制限されていまして、自由にしてもらえれば、気晴らしがあれば、ハガキの一枚なんかでこんなに苦しむこともなく、振り回されることもなかったでしょう。むしろ返事が来ないのが気になるのなら、こちらから編入学をしようとして勉強していること、合格したらまた付き合いたいと思っていることを相手に改めて手紙にして出せばよかったのです。勉強も手につかず苛立ってしまい、当時のアルバイトの仕事もうわの空になり、私の印象はとても悪かったのではと省みています。

鏡を見ては、笑顔が作れず、自分を責め続けました。自分を責め続けるようなことは何もしていないのに、気持ちがだんだん鬱になってきて、これはまずいと思い、気晴らしのために仙台の友達に会いに行こうとしました。しかし、やはり祖母が行ってはダメと私を縛り付け、外出させてくれませんでした。当時の門限は十八時半で、一度十九時に帰ったら大変叱られてしまいました。仙台の友達が「田舎に閉じこもっていないで出ておいで。みんなで会おう」と何度か声をかけてくれたので、泊まりがけの外出を父と母にもお願いしましたが、二人とも祖母には逆らえず行くことはできませんでした。家族に知られないようにそっと家を出ようとした時、祖母に見つかり「薫が出ていく！　玄関をふさげ！」と祖母は父に言い、私は押さえつけられたこともありました。祖母は私が自由に行動することを許しませんでした。

その頃、私は大学のコンパで知り合った、会社勤めの別の男性に時々電話をかけました。いつも二階の電話を使うのですが、話していると母がその内容を聞こうとそっと柱のかげに隠れていました。そして、電話の後でその人とはどういう関係なの、とかどういう人か、とかいろいろと聞いてくるのです。

それだけでなく、祖母は私の日記を勝手に読んでいました。いつか私は親切そうに近寄ってきた知らない人の車に乗って、車内で襲われそうになり、必至で抵抗して無事に帰ったことを日記に書きました。日記を読んでそのことを知った祖母は、私に根掘り葉掘り聞いてきました。

また、悪いところ、昔の失敗したことや自分が気になるところがあると、どんどん問い詰めてきます。私が一人っ子だということもあり、家族の目が全部私に集中して私はだんだんと身動きが取れなくなっていきました。祖母一人だけだったら強引に突破できたかもしれませんが、父、母、祖父、祖母の四人に行動を押さえつけられ、時には叔父、叔母も加わり五枚、六枚の大きな壁が立ちふさがります。四～六人対私一人、多勢に無勢、敵うはずがありません。

かと言って、縁談を持ってくることもなければ、私のプライバシーもなく、拘束はどんどん厳しくなりました。身の置き場もなくてノイローゼ状態になってしまって、とても苦しく辛い日々が続きました。

好きなことができず、自分の好きなように行動できなくなると、ストレスがたまり、次第に幻覚が現れるようになりました。天井から何人もの人が見えるようになり、みんな私を見て笑っているのです。幻覚は悪さをしてきます。とにかく視線を感じ、時にはその視線に対して演技していたり、鏡を見て怒ったり、睨んだり一人芝居をしていました。服装もだらしなくなり、髪は乱れ、鏡に向かって一人で笑っていたこともありました。

ずっと家の中にこもると、自意識過剰になるものです。誰も何も思っていないのにこう思われているのではないか？　と余計なことを思います。彼から返事が来ないのは、全て自分が悪いからか？　とくだらない事をより一層考え自分を責め続けていました。自傷行為に走ったこともありました。

私の様子が変だと思った母は、私をT病院の精神科に連れて行きました。担当医師はその業界では結構有名な先生らしいですが、「言いたいことを言いなさい」と言うだけで、これといったアドバイスはなかったように思いました。

その時の病名は「神経症」だったと思います。数か月間、週一回の通院でしたが「ただのわがままかも？」と先生は母に言ったそうです。精神安定剤と睡眠薬を処方されましたが、頭が重くなっただけで眠れませんでした。目つきは鋭くなり、表情も強張り、薬が効かずに眠れない日々が数日間続きました。

それから徐々に背中、特に左全体が重く苦しくて心臓が重くて痛くて仕方がありませんでした。日を追うごとに鉛のように重くなってきて、自由に動かすことができなくなるくらいでした。母が「まさか」と言ったのですが、「まさか」と言いたいのはこちらでした。

人生には「まさか」の坂があると言いますが、私は何度あったでしょう。


編入学の願書の季節になり、編入学の願書を取り寄せたら、運悪く編入学の願書ではなく、普通の入学願書がきてしまいました。『泣きっ面に蜂』とは正にこのことでした。「願書が違う。編入学の願書を送ってください」と言えばよかったのですが、私は心身ともに疲労困憊で大学に言う気力もなく、ただ横になりながら月日の流れを感じていました。これが運命なのかと悲しく思いました。

その年、私が二十一歳、大学側の書類ミスで受験できませんでした。

まさに三つ悪いことが重なりました。一つ目は欲しい願書が来なかったこと。二つ目はたった一枚のハガキに振り回され、勉強が手につかなかったこと。三つ目は家の中に拘束され、気晴らしができなかったこと。『禍福は糾える縄の如し』と言います。しかし私はハガキに振りまわされ、勉強が手につかず、家の中で自由もなければ欲しい願書さえ来ない。……私には福が訪れることはないのかと、呪われた運命なのかと嘆き悲しみました。

しばらく起き上がることもできず、ただぼうっとしていました。

鬱状態で何もしたくありません。無気力な日々が続きました。母は遠方の病院に通うのは大変だからと言って地元の精神科に私を連れて行きました。治療はそんなに変わらないと思ったからです。しかしとんでもない医師でした。ここでもまた運命は私に牙を剥くのでした。

診察は、初め私の話を聞き、次に私と入れ替わる形で母が診察室に入り、双方の話を医師が聞きます。母は何を話したかわかりませんが、また私が呼ばれ椅子に腰掛けるやいなや、医師は「お前が悪い。親に逆らうとは何事か？　いいか、これからは何でも逆らわずにハイと言え」と怒鳴りました。あまりのことに顔面は蒼白となり、肯定することしかできず、「はい。わかりました」と言って病院を後にしましたが、家についた途端に、私は痙攣を起こして倒れてしまいました。その治療は精神を患っている患者に対して、適しているとは思えませんでした。あまりにも酷い仕打ちでした。怒鳴られたことで精神がさらに追い詰められ、私は逆にもっと悪くなってしまい、悪化の一途をたどりました。

日を追うごとに私の症状はますますひどくなり、幻覚が強くなってきて、痙攣も時々起こるようになってきました。

その頃は精神科と言えば、変わり者が来るところというイメージが強く、医師の質も今より低かったように思えます。ノイローゼの患者を怒鳴り散らす医師が今時いるでしょうか？

この出来事が、これから私を苦しめることになる統合失調症の始まりのような気がします。

医師のあまりの違いに驚いた母は、「やっぱり、またT病院の精神科の同じ先生に診てもらおう」と言って私を連れて行きました。母がその先生に、地元の病院を受診してその医師が私を怒鳴りつけたことなど話しました。しかし、先生は、少し頷いただけでそれについては何も話しませんでした。

数か月通院することになりましたが、依然顔からは表情が消えたままで、何を見ても何をやってもつまらないと感じていました。普通だったら面白いだろうお笑い番組も、お笑い芸人の話が理解できず、ただうるさいだけで聞くのもうんざりでした。

受診したある日、担当医師に「笑えますか？　笑わないと身体に毒だから笑いなさい。どうしても笑えないようだったら、笑える薬を出そうか？」と言われましたが断りました。そんな薬があることを初めて知りました。

その頃、祖母が体調を崩して入院したので私が看病をしました。今と違って、付き添いは、患者のベッドの脇の通路に布団を敷いて寝るといったスタイルでした。患者の身体を拭いたり、トイレの汚物を捨てたり、今は看護師さんがしてくれることを当時は家族がしていました。祖母が退院しても自由に動くことができず、私が面倒を見なければならなかったため、私は苛立ちが増すばかりでいろんなものに当たり散らしていました。そんな私を叔父は叱りました。

退院した祖母は、相変わらず私を縛りつけてどこにも出しませんでした。我が家では祖母の言うことは絶対で、誰も逆らいません。常に父、母、祖父、祖母対私でした。祖母側には家に毎日来る叔父や週三、四日来るA叔母が加わります。誰一人として私を擁護してくれる人はいません。

人は自由に生きる権利があるはずです。家族といえども、人の自由に生きる権利を奪っていいはずはありません。子供や孫にやりたいことをやらせる、そのことがそんなに難しいことなのでしょうか？　いけないことなのでしょうか？　むしろ好きなことをやらせたいと思わないのでしょうか？

家族に迷惑をかけるわけでもなく、自分の小遣いで行きたいところへ行く、そのくらいいいようなものですが。これでは狭い世界に閉じ込められたままで、まるで成長がありませんし、自分がありません。子供は親の私有物ではありません。一人の人間として尊重しなければいけないのです。

若いうちにいろいろな人と出会い、視野を広げ、様々な人と付き合い、将来を共にする良き伴侶を見つけるのが私の理想でしたが、祖母にはそういう考えはないのだと思いました。祖母にとって孫の私は一人の人間ではなく、自分の私物にすぎなかったのかもしれません。だから自分の思い通りにならないと気が済まないのでしょう。私を幼い頃から育ててくれた祖母にはもちろん感謝もしますが、私はもう成人なのですから、私の人生は私に任せてほしかったです。私は人として当たり前の権利を奪われていました。

その人の人生はその人が決めるのであって、他人が決めるのではない。それに人生は一度しかないのです。やり直しがきかないのです。そのかけがえのない一度を人の言う通りに生きていれば、私の生きる意味はどこにあるのでしょうか？

子供がやりたいことができなくなると、その子から輝きが消えてしまいます。それは決していいことではありません。親だったら輝いている子供の顔が見たいはずです。自分よりも子供のことを中心に考え、子離れ（孫離れ）するべきだったのです。過干渉は人をダメにしてしまいます。それは精神障害を引き起こし、障害を患うと成長が止まってしまうのです。

親が子供の成長を止める。これは親の子供に対する教育の指針に反するような気がします。

ある日、我が家に遊びに来たA叔母に「家族がある都市に行きたいのに行かせてくれない」と愚痴をこぼしたら、「なぜ行くの？　行く必要ないじゃない」とあっさり言われてしまいました。比較的仲のいいA叔母だと思っていたので、失望の念を禁じえませんでした。身近には私を理解してくれる人は誰もいないのだと感じました。

家にはいつも、祖母の他にも家族の誰かがいました。私が祖母に隠れて家を出ようとしても、他の目があったのです。私の不在に気づくと祖母が大騒ぎするのを知っている家族は、結局私が家を出ようとするのを無理にでも止めました。こうして家族全員からいつも見張られているようで、ますます状況は悪くなりました。自由が奪われ、動くことができなくなったのです。

当時横浜に祖母の妹が住んでいました。彼女は祖母とは違い、「若いうちは都会の空気を吸わなければだめだよ。こちらへ出てきなさい」と、祖母とは考えが真逆の人でした。私に素敵な洋服を時々送ってくれて、私はとても嬉しかったです。しかしC叔母は「あなただけいいわね」と、そんな私を羨ましがりました。祖母の妹のように理解のある人がそばにいてくれれば、どれほどよかったか……。しかし、私の周りにいたのは、私を縛りつけ、閉じ込める存在だけでした。犬でさえもストレス軽減のため、朝・晩の散歩は欠かせないというのに。鳥でさえもある時期がくると子離れして親は子供を突き放すのに。私は鳥のように巣立ちをさせてもらえなかったのです。犬よりも外に出られなかったのです。

閉じ込めておくなら縁談でも持ってきてほしいのですが、それも全くありません。父の末の妹が私と年齢が近いので、「そろそろ結婚したいのに、この環境では結婚できない」と言うと「あなたなんか、結婚出来るわけないでしょ」「バカみたいなことを言うのをやめなさい」と冷たく突き離されてしまいました。随分失礼なことを言うと思って聞いていましたが、なぜそういうことを言うのか？ それは本音なのか？ 私には理解できませんでした。以前、二十代に子供を産んでおいたほうが良いと言っていたのに。私が三十歳になるかという頃に亡くなってしまったので、本音を聞くことはついにできませんでした。

さらに祖母は、私に習い事をするように言いました。私にとっては時間の無駄でしかなく、そんな時間があったら外に出て飛び回りたいのに……。二十代といえばいろいろな人に会いたい、異性と付き合ってみたいと思う人も多いはずです。そんな時期に軟禁状態では、おかしくなるのも当然なのかもしれません。

A叔母が、「友達が歯科医をしている息子にお嫁さんを探している。誰かいないかな!?」と言った時、(その人とお見合いしたい。私ではダメかな)と心中で思ったほどです。しかし、私が「男性と付き合いたい。お見合いしたい。結婚したい」などと言うと「何言ってるの、あんたなんか無理」が口癖でした。

それが本心なのでしょうか? そうだとしたら恐ろしいことです。祖母は娘であるC叔母が二十五〜二十六歳の時に縁談を持って来て、「早く結婚しなさい」と口うるさく言っていました。そして、二十八歳でC叔母は結婚しました。しかし私にはそんなことは一切言いませんでした。なぜ、私は結婚してはいけないのでしょうか? 子供を産んではいけないのでしょうか? しまいには暴言をはかれて、私はますます鬱になり、笑顔を失っていきました。笑顔なんてつくれるはずがありません。私は何のために生きてきたのでしょうか?

一般の家庭ではその逆で、その人が結婚を望んでいるならば、いい人を見つけ、早く結婚をして子供を産み、親を安心させてとでも言うのではないのでしょうか？　この考えは我が家ではあり得ないことのようです。

気力も失せ、何もしたくなくなり、炬燵で身体を横たえていたら、今度は「若い者がいつまで寝てる、動け」と家族に叱られました。私にとってこの、ぼうっとしている状態が、いわゆる精神面の伸びなのです。次に歩む充電期間なのです。だから私が自分で動けるまで、そっとしておいてもらいたかった。病気になっている私を理解してくれる人は、周りに誰もいなかったということです。

私もストレスが激しくなり、自由にしてくれない家族に当たり散らして手に負えなくなると、祖母は父の弟である叔父に私を叱るように言いました。祖母からお願いされた叔父は、遠慮なく私を叱ったものです。そんな叔父が怖かったのを覚えています。

この時、私はアルバイトをしていたのですが、だんだんと落ち着きがなくなり、苛立って周囲に八つ当たりをして、クビになってしまいました。「困ったものだ。仕事もまともにできないのか？」と家族からため息をつかれました。

　私は家に閉じこもるようになり、また鏡を見て自分に話しかけるようになり、髪を振り乱し、身だしなみも乱れ始めました。人相もだいぶ変わり面長だった私の顔がまん丸顔になり、一重だった右のまぶたは二重になりました。

　ある日、自分がどのくらいおかしくなったのだろうと不安で、母に外出をお願いして、知り合いの名古屋にいる外科医の先生に会いに行きました。先生からは気休めのつもりだったのか「あまり心配するほどでないよ。気にしないほうがいい」と言われましたが、先生の奥さんからは「一旦、二重になった瞼（まぶた）は、これからいくら環境が良くなったとしても、もう元の一重には戻らないわよ」と言われました。本当にその通りだと思いました。どんなことをしても、どんな環境になっても一重にはならず、今も二重のままです。左側の顔は変わらないのに右側の顔は変わりました。

名古屋から家に戻るとまた拘束の日が始まり、そのストレスからまた幻覚が現れるようになりました。部屋にいると、誰もいないのにどこからか視線を感じてならないのです。天井から見える人たちを、手で払うのですが、また現れてはまた払う、を何度も繰り返していました。天井からの笑い声から逃れるために、頭から毛布を被っていました。言語障害も起きてきて、学生時代に知り合った友達と話が合わなくなってきている自分を感じました。友達の何人かは、私からの電話をうるさがるようになってきて、ますます孤独を感じるようになりました。

その年、二十二歳の時も、編入学の試験には落ちてしまいました。ショックで何も手がつかず、ただぼうっとしていました。何をしても何を見ても感動もなく、ただむなしく日々が過ぎ去っていきました。相変わらずハガキの魔力か彼のことを思い出し、自分を責め続け、縛っていました。また、新しい異性との出会いも全くありませんでした。たぶん異性の出会いのなさと気晴らしの機会がなかったことが、ハガキごときに苦しめられてしまう原因だったのではないかと思います。

もう家にはいられない、どうしても外に出たいという気持ちが爆発し、家族に内緒で寮がある会社の採用面接を受けました。そして見事そこへの入社が決まりました。家を出て寮生活を始めることを祖母に告げると、なぜ東京に行くのか？家を出るのはやめなさい、行く必要がないと喚き散らして反対されました。しかし、もういい年になった私を解放してあげてはどうかと母から祖母を説得してくれたことで、私は何とか家を出ることができたのでした。京都勤務と言われましたが、京都は実家から遠いので東京勤務にしてほしいと希望し、東京勤務になりました。今考えると、京都勤務のほうが良かったかもしれません。

ようやく外の空気が吸えたと喜んだのも束の間、ここでも地獄を見るとは思いもよりませんでした。

入社一年目は寮生活を必ず送らなければならず、寮に入るのが嫌なら退社しかありませんでした。その会社は上下関係が厳しいところでした。十八歳でも一か月先に入社していれば先輩で、仕事や寮の廊下ですれ違うと「お疲れ様です」「おはようございます」など、頭を下げての挨拶は欠かせません。四〜五歳年下の先輩に寮の廊下で、勤務場所を聞かれ「今日はどこ?」「はい。今日は◯◯です」「頑張りなさいね」といった会話が毎日ありました。

会社での上下関係は、どの会社にもあり得ることなので仕方がないことですが、私生活ではほっとしたいのに寮には気持ちが休まる場所がなく、私生活まで上下関係が激しくて精神を病みました。

部屋は二人部屋で、ヤンキーのような同期と一緒でした。私は受験勉強をしたかったので部屋で本を開いたら、私より三〜四歳年下のその同期に「どうしてここで本を広げるの?」と嫌な顔をされ、すぐにしまうしかありませんでした。彼女は仕事中心の生活をすれば良いと思っているのか、仕事以外の本を広げることを許さなかったのだと思います。そのため、せっかく実家を出たにもかかわらず受験勉強はまたできませんでした。

寮の門限が十一時でしたので、仕事場を夜十時に終えて一時間で帰らなければならず、のんびりしている暇もなく、レストランなどに寄って夜食を食べることもできませんでした。毎日コンビニに立ち寄り、夜食はそこの弁当ですませていたため身体を壊してしまいました。門限の十一時を過ぎて戻ると罰金二千円で、時間が過ぎれば過ぎるほど額も多くなりました。このような環境なので勉強することができませんでしたが、私も寮を早く出て会社に行く前に喫茶店で勉強するとか、休日は図書館に行って勉強するとか、時間の工夫、時間の有効活用をすればよかったのかもしれません。が、休日は疲れた身体を休めることで精一杯でした。

翌年の編入学の受験も二十三歳でしたが、失敗に終わったことは言うまでもありません。のびのびと自由を求めて家を出たのに、気持ちが伸びるどころか、萎縮して、病気になってしまいました。

この過酷で不規則な寮生活が数か月続き、ついに私の身体に変化が起こり始めました。蕁麻疹が出るようになったのです。

体調が悪くなったので、会社を辞めて実家に戻りました。良かれと思って、家を飛び出し世の中に出たにもかかわらず、この行動が裏目に出てしまいました。ますます体調を悪化させ、幻覚、妄想に怯えるようになりました。

ある冬の寒い日、同級生の友達三人でラーメンを食べに行きました。食事を終え、友達と別れた後、一人で歩いていると息苦しくて気分が悪くなってきました。目の前がだんだん暗くなってきて、黒色の中に黄色い星が何個か見えてきました。歩けなくなり、だんだん目がチカチカしてきて、夜空の星は消えて真っ暗になり、私は気を失いました。どこからかご婦人の声が聞こえてきて、「大丈夫？　しっかりしなさい。今、救急車を呼んだからね」と、私は身体を揺さぶられて目が覚めました。全身に痙攣が起き、救急隊員にいろいろと質問されましたが、言葉を発するのが困難でした。

搬送先の病院で、痙攣が止まらず、上の血圧が五〇位で、生死の間を彷徨っていました。搬送された病院で点滴をしましたが、薬を入れても入れても血圧が上がらず危ない状態だったそうです。しかしやがて痙攣が収まり血液が順調に流れ始めたことで、身体に温かさを感じて私は生き返ったと思いました。ご婦人に発見されなければ、確実に死んでいたと思います。

搬送先の病院から市立病院に移されて、一週間の入院となりました。後に紫色に変色する蕁麻疹が出て、医師から身体がかなり弱っていると言われました。詳しい病名は分かりませんが「食中毒ショック」と言われたのを覚えています。蕁麻疹は身体が弱っていたため出たのだと思います。そのことを同じラーメンを食べた友達に話しましたが、食事をした後、どちらも別に異常はなかったそうなので驚いていました。私だけが体調を壊し、生死を彷徨ったのです。

退院して実家に戻りましたが、やはり落ち着かず、なぜかのんびりすることはできませんでした。身体の疲れがまだ取れていないのか、幻覚がひどくなり、妄想に支配されるようになりました。幻覚や妄想が強くなると、自分の意志は幻覚、妄想に負けてしまい、かき消されてしまいます。

自分の考えで好きなように動けなくなり、幻覚や妄想の命令通りに行動してしまうのです。例えば自分は右に行きたくても幻覚や妄想が左に誘導すれば、左に行ってしまいます。自分の意思ではもう思うように動けなくなっていきました。

ついには、自分の行動も自分では決められず、親に聞いて動くようなありさまになっていました。

劣悪の状態が続くと身体にも変化が出てきて、心臓が締め付けられて苦しくなり、背中は大きな鉛を背負ったように身体が重くなりました。動くのが怖くて、だるくて苦しくて仕方がありませんでした。

ノイローゼになると身体が内側、内側へと引っ張られて、肩が強い力でグッと押されていきます。姿勢も猫背になり、いつも下を向いてばかりいて、上を向くことができなくなり、スーッと背筋を伸ばした美しい姿勢をとることは難しくなりました。この時もまた言語障害が出て、あいうえお・かきくけこはスムーズに言えるのに、それ以外はギクシャクしていました。

ある日の夜、私は夢遊病者のように、ひとり夜の街を彷徨っていました。何人かの人たちとすれ違い、一人ひとりの顔が違うのが当たり前なのに、顔がみんな同じに見えたのです。男女の区別はかろうじてついても、一人ひとりの顔の区別がつきませんでした。

車道と歩道の区別もつかず、自分がどこを歩いているかもわからなくなりました。足元はおぼつかず、車道にフラフラと飛び出し、自動車は見えず、車のライトだけが見えて何度もクラクションを鳴らされました。

母に連れられて個人の精神科にいきましたが、少しも改善されないので、親戚の紹介でR病院の心療内科を受診しました。医師は今までの病院と同様に、母と私と別々に話を聞きました。

私は今までの医師と同じ回答がくると思って諦めていましたが、その先生は違いました。母を叱ったのです。「なぜ、好きなようにさせないのだ。好きなようにさせなさい」と。

病名は「母原病」でした。

今までの先生が母の味方でしたので、母は呆然としていました。やっとわかってくれた医師に出会えてほっとしました。この先生はテレビにも出演する有名な先生だったということを後で知りました。先生に感謝です。もう少し早く診てもらいたかったと思いました。

先生からは入院を勧められました。しかし、あいにくその時はベッドが空いていなかったので、一か月後、入院することになり、それまでは週一回通院することになりました。

父は世間体のことを気にしてか、反対で「絶対、入院させない」と言って、母と喧嘩をしました。

先生は私にいつも優しく接してくれました。そのため、私は束の間の安らぎを感じました。

週一回の通院が良かったのか、気晴らしになったためか、顔色が良くなったということで、入院しなくてもいいことになりました。

家族は私の病気が「母原病」だと言うのに、自分たちの私に対する行動を直そうとはしませんでした。自分たちに原因があることを認めたくなかったのでしょう。ある時、伯母（母の姉）宅で「私の病気は母原病だよ。親が悪い」と言ったら伯母にガッチリ叱られたこともありました。

後に祖母は私に対して「自分の育て方が間違っていたのだろうか」とC叔母に話したそうです。

その年も勉強不足で受験に失敗しました。

そこで、今度は寮ではなくアパートを借りてある都市で働くことにしました。事務の仕事は好きではありませんでしたが、営業という考えはなかったので、事務職につきました。女性の事務員が私を含めて三人いて、初めは和気あいあいと仲良くしていましたが、ある時、一人の事務員から前の職場のことを聞かれ、上下関係が厳しかったこと、寮生活のため自由に動きまわれなかったことなどを話すと、事務員の一人の態度が変わりました。急に私につらく当たるようになったのです。その人に「前の会社でも上下関係が厳しかったんでしょ」と言われました。

和気あいあいから一転して、上下関係や敬語がうるさくなり、ぎくしゃくして職場の雰囲気が嫌な感じになっていきました。会社に行ってもつまらなく、面白くなく、辞めたくなってきました。友達にそのことを話したら、「弱みにつけこまれるから、人を選んで話さなければならないよ」と言われました。

数か月経っても職場の雰囲気は良くならず、むしろ悪くなる一方で、私は会社を辞めました。

実家には戻らず、仕事を辞めて時間も自由になったので、私は東北地方を巡るひとり旅に出ました。盛岡、遠野、秋田の田沢湖、青森の十和田湖、山形の米沢市などです。宿も予約ではなく、ほとんどその日に決めました。秋から冬になる頃だったので、寒かったのを覚えています。十和田湖の紅葉はきれいでした。田沢湖も思っていたよりも良かったです。

ハガキの彼のことも出会ってから四年が経ち、存在はだいぶ薄れて、あまり気にならなくなっていたはずでした。しかし、やはり忘れることはできず、いろいろと探してある場所を訪れました。そばを通りかかると彼を偶然見かけました。彼は年齢を重ね、大学四年か大学院一年生になっていましたが、こちらが社会人だと学生の彼は幼くというか若く見えました。

また、その当時私はひどいノイローゼ状態で、あらゆるものを前向きにとらえることができず、本来は魅力的であろうものものもそう感じられなくなっていました。私は彼に声をかける勇気もなくその場を去りました。

視野が狭いとストーカーみたいになり、いいことではありません。私はそれだけ異性との出会いが少ないのです。視野が狭いと、たった一人に振り回されるものです。これが怖いのです。

だから若い時、いろいろな男性と付き合い、いろいろなことをして、視野を広げることが必要なのです。

同じ大学を二回も落ち、また風のうわさでその大学教授が「懲りずに何度も受けている人がいる」と言っていたことを聞き、きっと私のことをバカにしているのだと思い、その大学を受ける気になりませんでした。代わりに、他県の大学に目標を切り替えました。しかし、レベルが高すぎたのか落ちてしまいました。そうなるとこれまで受けてきたあの大学しかなく、これで三回目ですが挑戦することにしました。試験日まで一か月しかなく、同じ学部でも他県の大学と試験内容も違うので、鼻血が出るほど必死に勉強しました。

試験官も、良くも懲りずに受けに来たものだといわんばかりでした。頭のいい人なら合格するかもしれませんが、一か月だけの勉強で合格するというのは虫が良すぎる話です。

もう一つ安全圏の大学も受けようと、母校の短大に、受験する大学に提出する書類を取り寄せようとしたら、毎年取り寄せているので、遊びではないんだからといって書類を出してくれませんでした。そのためその大学は受験できませんでした。請求した書類を出してくれないのは、おかしいと思います。

日本はアメリカと違って大学の入試、編入学の入試が厳しくて、要するに大学に入学するまでが大変で、入学した後は比較的楽だと言われています。日本もアメリカのように大学入学の入り口を広げ、入りやすくし、出口を厳しくすればいいのにとアメリカの大学制度が羨ましくなりました。

春になり、私は販売員の仕事につきました。気分を変えるため、アパートも引っ越しました。販売員は女性が多くて異性との出会いがなく、寂しい平凡な日々が過ぎていき、相変わらず素敵に着飾ることもなく、友達にもっとオシャレをしなさいと言われましたが、この頃も体調が悪く、蕁麻疹に悩まされて、しょっちゅう倒れていました。

友達が、「倒れるのは、男性付き合いがなくてホルモンのバランスが崩れているからではないか?」と言いました。ある日友達と一緒に歩いていると、また倒れてしまい、友達が慌てて救急車を呼び、病院までついて来てくれました。病院の先生からは「神経がピンとはっているので、のんびり行きましょう」と言われました。彼女は救急車に乗るのは初めてだったので「あぁ、面白かった」と言っていました。こちらは具合が悪いというのに。しかし、今思えば、それも彼女なりの私に申し訳ないと思わせないための気遣いだったのかもしれません。

今までは、会社勤めで朝忙しいので朝食は簡単にパンですませていましたが、パンを食べると蕁麻疹が出るようになったのでご飯に切り替えました。ストレスが多い生活が続いて体質が変わったのです。少しのことで蕁麻疹が出るようになり、病院通いが増えました。

彼のことは相変わらず忘れられませんでした。何せ、私にとって異性と言ったら、彼しかおらず、気になる存在でしたし、二年間、一度も忘れたことはありませんでした。

そこで、思い切って彼に電話をしてみると、驚いたことに彼につながり、懐かしそうな口調で、会ってもいいと言ってくれました。しかしノイローゼの私は、とても会える状態ではありませんでした。スポーツ関係のアルバイトをしていると聞いた私は、一目見たいと、そっと見に行きました。彼と目と目が合ったように思いましたが、私がだいぶ変わってしまったせいか、私のことがわからなかったそうです。

何度目かの電話の際、彼は、とある会社に内定したことを教えてくれました。最初に会った頃は違う職業になりたいと言っていて、地元にでも帰るのかな？と思っていたので、私は慌てました。追いかけて行こうと思いましたが、身体が追いついていけません。あまりに突然のことで、「そんなこと一言も言っていなかったじゃない」とすがりつこうとしたら、彼はだんだん苛立ってきて、しつこく電話をかける私をけむたがるようになりました。そして何度目かの電話の時には私に「自意識過剰なのではないか？」とも言ってきました。確かに相手は私の事など全く頭の隅にもないのに、一人で相手にこう思われているのではないか？と勝手に思い込み、一人芝居をしていました。

初めから自由に行動ができていたらもっと早くに彼と会っていただろうし、そんな話が出ても驚くこともなかったでしょう。

鬱状態にあり、幻覚や妄想で混乱していた私は、彼に電話をかけて「どうして人は立派になろうとするのかわからない」と言ってしまいました。彼は「はぁ？」と声を上げると、「電話がかかってきて、友達がわざわざ遠慮して席をはずしてくれたのに。こっちだって忙しいのに、こんなくだらない電話をよこして。もっとまともだと思っていた」と言って電話を切られてしまいました。

今、考えるとなぜあんなことを言ってしまったのかと後悔していますが、当時はまともな判断が出来ず、彼が怒った理由を理解できませんでした。

「なぜ、人は輝しく立派になろうとするのだろう。なぜ人はきれいになろうとするのだろうか」と頭を抱えて真剣に悩んでいました。

彼にはまともな電話ができず、迷惑をかけてしまいました。

それから何度電話をかけても「忙しいので」が口癖で相手にされなくなりました。彼とはついに連絡が途絶えました。

彼の一枚のハガキに悩み続け、やっと思い切って連絡が取れたのに、結局は振られて自分の道を失ってしまった私はバカまるだしです。

普通だったら振られたらきっぱり諦めるのですが、初めは感じが良かったのと、ノイローゼ状態でしたので、頭が正常に働かなかったことで、私は彼を思い続けていました。

私は人が笑っている幻覚が見えて仕方がないので、もうだめだと確信して「私が不幸になっても笑わないでください」と言ってしまいました。彼からは「とんでもありません」と言った返事が最後でした。

気が変になると正常な行動はしないものです。おかしいと思ったでしょう。その時は本当に、人はどうして立派になろうとするのか、わからないと真剣に考えていました。彼がどうして「そんなくだらないことを言って」と言ったのかを理解できませんでした。

未だ幻覚に悩まされ続け、ノイローゼ状態の私は彼のハガキが布団のようになって天井をグルグルまわり、灰色の雲がおおい、青空が見えないのです。頑張ろうと奮起しようとすると、彼が腕を組んで私を睨む顔が見えてきて、つい下を向いてしまいます。その幻覚が何度かあり、また鬱になってしまいました。幻覚、幻聴が起きると前に進めません。私の場合、何かしようとすると彼が腕を組み、嫌な顔をして睨んでいるのです。実際には誰もいないのですが、私にはそれが見えて行動を起こせませんでした。

ノイローゼ状態で汚くなっている私は、ある都市に行ってしまう彼に二十歳のデート以来会うことができず、悔しい思いを抱いたまま心の中で見送りました。

憧れだったはずの大学生活

私はこの年、ようやく大学に合格できましたが、皮肉にも同じ年に彼は大学院を卒業し、ある都市に行ってしまいました。

「あなたと彼は本当に縁がなかったのよ」と友達はそう言います。

彼からの返事が来たら、祖母からの拘束がなかったら、正しい願書が来ていれば、縁はもしかしたらつながっていたかもしれません。まさかそんなに遠くに行くとは思っていませんでしたし、こういう別れになるとは思いませんでした。私もよくもまあ大学をこんなに落ちたものだと、自分に呆れるばかりです。

彼を失った寂しさを胸に、学生生活は始まりました。編入学できたのは短大を卒業して六年後のことです。こんなに時間がかかってしまい、私は鬱という病気も一緒に大学に持っていきました。大学にどうしても行きたかったのは、運動クラブで思いっきり汗を流したかったのと資格を取りたかったためです。しかし、やっと合格した大学も、歳をとって入学するとあまり嬉しくありませんでした。覚悟の上でしたが、周りは年下の人ばかりです。他の生徒たちとほとんど話をしませんでした。大学の先生たちから特別な目で見られ、目立った存在でした。

住まいは、伯母（母の姉）の好意によりマンションに同居させてもらうことになり、そこから大学に通うことにしました。

その大学に入ったのは、近くの有名大学の学生が狙いか？　と伯母に言われた時、呆れて返す言葉もありませんでした。私が行ける学科はそこしかないのに、どうしてそういう考えになるのか？　大学に入るのはそういう目的なのだと思う人がいること自体、なんと情けないことか。

伯母は高校の保健室の先生をしていました。今は亡くなりましたが、その頃は定年退職して自宅にいました。潔癖症というか男性嫌いというか、テレビの恋愛番組は禁止で、見ると叱られます。男性目的で大学に入ったと思われるのが嫌なので、恋愛はしないように男性を意識することを絶ちました。人間として恋愛をするのは悪いことではないのに、むしろ素晴らしいことなのに、それが良くないように言われて寂しかったです。こんな環境では、もしかして私は一生独身になるかもとの予感は的中しました。その後も男性と付き合うことはできませんでした。心と体のバランスを保たないといけない、そう実感しました。

ここでも朝の起床時間や掃除、門限があり、自由ではありませんでした。あまり遅くまで起きていると叱られました。再び縛られた生活です。化粧を嫌う伯母との同居はそっけないものでした。

大学に入学しましたが、若い頃と違って、きれいに着飾って、憧れの大学生活をエンジョイするという思いはなくなっていました。化粧もせず、身なりも気にせず、色気もなく、大学に通っていました。

大学のクラブは念願の運動部に入りました。しかし、少しのことで体調を崩し、すぐ蕁麻疹が出て、自分の老いを感じました。私は弱くて試合ではいつも負けてばかりいました。また、年の離れた私が入部してきて、部員たちは少し戸惑った様子でした。

年の離れた学生たちとあまり接することもなく、大学になじめなかった私は、「大学の居心地が悪く、自分の居場所がなくて悩んでいる」と相談した同じゼミの知人からキリスト教同好会に誘われました。この同好会への入会が私を救ってくれました。

年齢差があってもみんな快く受け入れてくれて、心の拠り所ができ、つらかった大学生活は助かりました。それがなかったら、あれほど苦労して入ったのに、登校拒否をしていたかもしれません。私は一日のほとんどを、そのクラブの部屋で過ごすようになりました。

私をキリスト教同好会に誘ってくれた彼女は残念ですが、今はこの世にいません。他の友人の話では、朝、急に体調を崩し、救急車で病院に運ばれたものの、残念ながら亡くなってしまったそうです。亡くなった時、まだ五十歳くらいで彼女も一人っ子で独身でした。

大学の夏休み、中国に行く青年の船が今年で最後ということで、もう行くチャンスがない、最後の機会なのでどうしても行かせてほしいと母に哀願して船代は母に出してもらい、小遣いは私持ちでしたが、私も参加しました。

行く時は天気も良く船から眺める桜島がとてもきれいで、波も穏やかでしたが、帰りには台風に遭い、船の傾きが限界の四十五度に迫る四十三度まで傾いたらしく、揺れるたびに吐き気がして、台風が去るまで横になっているほかありませんでした。台風が止むと、真っ青な青空とラピスラズリ色の大海原が、明日への希望を導くかのように広がっていました。

中国の食べ物は匂いが苦手で、私の口には合いませんでした。日本から持って来た梅干しが頼りでした。トイレのドアが低くてすぐ覗けば見えるので、落ち着いて用がたせなかったことも、日本と違って戸惑ったところです。地元の中国人を囲んでの夕食会があり、中国語はあまりわかりませんでしたが、雰囲気が和やかでよかったです。買い物が楽しみで、香水・タイガーバーム・洋服・大学の部活の人達へのお土産にハンカチなどを購入しました。雄大でのんびりという空気が漂っていました。その当時の民家は、床がコンクリートで冬は寒いのではと感じました。

日本に戻ってくると、あまりにもうるさい伯母に嫌気がさし、伯母のマンションを出てアパートに引っ越しました。部屋を去る時、「もう二度と来るな」と伯母に捨て台詞を言われました。

私がアパート暮らしをすることによって、親の仕送りが四倍にも増え、申し訳なく思いました。私が母に、伯母が厳しくて勉強に身が入らないなどと話すと初めは困った様子でしたが、私のイラつきなどを見て、アパート暮らしを許可してくれました。祖母は私が学生でしたので帰ってきなさいとは言えず、何も干渉しませんでした。

新しいアパートの周りはテニスコートやアパートで民家は少なく、下着や貴金属の盗難に遭いました。泥棒が入りやすいのか、玄関に置いていた自転車も盗まれました。

ある日、スキーの合宿から帰ってきて、疲れた身体を横になって休めていると、インターホンが鳴りましたが、くたくたで出ませんでした。十回くらい鳴った時、カチャッと鍵が開く音がしました。「どちらさまですか?」と言ったら、相手も慌てた様子で「大家さんはどちらですか?」と聞いてきました。「勝手に入らないでください。警察を呼びますよ」と言ったら逃げていきました。廊下と茶の間との間にガラス戸がありましたので、玄関にいる侵入者の顔は見られませんでしたが、怖くて一時間くらい動けませんでした。それから警察に電話をしましたが、

「どうしてもっと早く連絡しなかったんだ」と注意されました。その日は怖くて友達の家に泊まりました。当分怖くてアパートに帰りたくありませんでした。まだその程度で済んだからよかったと今では思います。

大学に入ったら、スポーツで汗を流したり、オシャレをして男性と付き合ったり……なんて想像していましたが、それは若い時の話で、実際は男性との付き合いは一切なく、オシャレもせず、想像とは大違いです。年が違うので憧れの人は見つからず、ずっと付き合いたいと思う学生は誰もいませんでした。友人も少なくて、本当に面白くない学生生活でした。

大学に入って自分が向上したとは思えず、このままではダメになってしまうと思いました。ちょうどその頃、通っていた教会でアメリカに行く話があり、大学最後の長期休日ということもあり、自分を変える機会でもあるので参加することにしました。

夜、日本を発ち、初めシアトルに着きました。飛行機が来るまでの数時間しか滞在しませんでしたが、少し小寒く、空気が澄んでいてきれいなところでした。次に訪れたカリフォルニアは、家がピンクなどカラフルで坂が多く、売り物の魚介類の名前が日本語で書かれていて、購入する日本人が多いのを窺わせます。馬車に乗ったりして面白かったです。

コロラド州デンバーは雪が積もっていてとても寒く、時差ボケにも悩まされました。隣の家が見えないほど、隣との距離が遠くてあまり家が見当たりません。車もほとんど走っていなくて、たまに大型トラックが走るくらいで、のんびりと雄大で景色がとてもきれいでした。雄大な山にはシカが何頭か見えました。アメリカに回覧板があるかは知りませんが、もしそういうものを隣の家へ持っていくとなると、遠くて大変だなと思いました。デンバーは雪質も良くて、とても滑りやすい土地でした。リフトに乗るにも日本のような切符はなく、何回でも乗れました。このデンバーにはスキー場がたくさんあるので、毎日場所を変えて滑りました。スキー場は雄大で気持ち良くてついつい滑るスピードを上げてしまい、アメリカ人の牧師さんにスピード狂だと言われました。スキーはとても楽しかったです。

今はどうかわかりませんが、その当時、日本では危ない場所は柵やロープを張ったりしますが、デンバーのスキー場は危険な場所でも立て札があるだけの所もありました。日本は親切だと感じました。

スキー場の休憩小屋にはテレビが数台あり、スキーのレベルの映像が流れていて、自分のレベルがわかるようになっています。アメリカ人のコーチは私たち二人が日本人だと知ると、近寄って来ていろいろ丁寧に指導してくれました。当たり前ですが、会話が英語なので一緒に行った外国語大学の彼女が通訳してくれて助かりました。

デンバーの牧師さんの奥さんに、和紙で作られた両手に乗るような小さな箪笥をプレゼントしたら、「オー」と言ってとても喜んでくれました。その喜ぶ顔を見てこちらも嬉しくなりました。

私がホームステイした家はお金持ちの夫婦の別荘で、奥さんがとても美人で、日本からの風呂敷などのお土産をとても喜んでくれました。

犬が大・小三匹いて、犬が苦手な私も一週間したら犬と仲良くなっていました。出されたアイスクリームはおいしかったのですが、量がすごくて食べきれませんでした。夜九時をまわると、ご主人があくびをし始め、もっとみんなと団らんしたかったのですが、遠慮してそれぞれ部屋に戻りました。

アメリカでは食事の前にお祈りをします。あれは良い習慣だと思いました。朝食が終わったら教会に行きます。雪で覆われた道路を、教会の牧師さんの運転するワゴン車が私たちを乗せて走っていきます。デンバーの教会は素朴な感じがしました。

コロラド州で買った粘土でできた壁掛けは、湿度の違いにより日本に戻ったらぼろぼろになってダメになってしまいました。気に入っていただけにがっかりりです。

次にジョージア州アトランタへ行きました。こちらは温かく、冬から初夏に変わったようです。アトランタの空港のロビーでホームステイの人達を待っている間、日本人が珍しかったのかじろじろ見られて怖かったです。私のホームステイの家は二十一歳と二十歳の若夫婦のところでした。ご主人は運送関係の仕事に就いていて、奥さんは小学校の教師をしていました。当時二人は新婚ほやほやで、翌年、女の子が生まれました。

ここは温暖で、今回訪れた場所の中で一番アメリカらしい雰囲気を感じました。私はこのアメリカンの雰囲気が気に入りました。

牧師さんも陽気で、これは気候が影響しているのでしょうか？　コロラド州は降雪地帯のため、コロラド州の牧師さんはジョージア州の牧師さんより控えめだったように思いました。教会の雰囲気も明るくて、朝の教会でのミサが終わると、教会の関係者の方たちがいろいろな場所に連れて行ってくれました。

他のホームステイ先のアメリカ人の牧師の息子さんは、小学校を何度か休んで私たちに同行しました。親が学校に行けと言ってもきかないそうで、いろいろと洋服を変えて、いろんなものに変装をして私たちを笑わせてくれました。私は眼鏡を壊してメガネ店へ行きましたが、フレームだけ修理すると、ためないと言われ、フレームを交換しました。日本の技術はすごいと実感しました。私のホームステイ先の若い奥さんは夜、自分の愛車でいろいろな場所に連れて行ってくれ、自分の母校などを見せてくれました。

次にフロリダ州のタンパに行きました。

ご主人がミュージシャンだというお宅に泊まりました。本人は単身赴任でいらっしゃらなかったのですが、素敵な金髪の奥さんとお人形さんのようなかわいい二人の男の子と女の子のお子さんがいて、夕飯は近所に住む奥さんのご両親のご自宅でも時々いただきました。豪華な料理でした。ラザニアもパスタもデザートもおいしかったです。パスタの大きさに驚かされました。そこのホームステイ最後の日には、夜遅い時間でしたが買い物をしたい旨を伝えたら快く応じてくれ、買い物に付き合ってくださいました。

この時、アメリカの牛乳の容器の大きさに驚かされました。当時、五～六歳くらいだった男の子と女の子も今はお父さん、お母さんになっていることでしょう。もしかしたらお孫さんがいるかもしれません。

タンパはディズニーランドが三つの駅にまたがってあり、とても広くて歩くのも大変でした。しかし、日本と違って人もまばらで、どのアトラクションにも待つことなく入れました。

ホームステイ先の奥さんが近所を車で案内してくれたのですが、家の周りはフルーツの木がたくさん植えられていました。

日本の街並みとは全く違い、とても印象に残っています。

次にハワイに行きました。雄大なアメリカ大陸からこぢんまりとしたハワイへ来たせいか、なぜかホームシックになってしまいました。ホームステイ先には、他に二人の日本人もいました。彼女たちは英語で話すのがとても上手で、ホームステイ先の女性の大家さん（アメリカ人）と流暢な英語で会話していました。

私と同じ年頃のアメリカ人は大人びていて、私は「ヤング、ヤング」と言われました。海がきれいで多くのカラフルな魚と一緒に泳ぎました。

一緒にアメリカに行ったメンバーの一人と、酸素ボンベを背負ってのダイビングもしました。初めてだというのにインストラクターに付き添われて、いきなり数～十数メートル潜らされました。日本では、初めは浅いところで練習をして、慣れてきたら深いところへ潜るらしいのですが、大胆なアメリカと繊細な日本の違いを見せつけられました。

約一か月のアメリカ横断の旅を終え帰国した私に、キリスト教同好会の担任の先生は「アメリカへ行ってきたら、行く前よりも良くなった」とおっしゃいました。きっとアメリカに行って、一回り大きくなったのでしょう。私も視野が広がることによって落ち着きが出てきて、自分自身が少し成長したと感じ、行って良かったですし、行かせてくれた母に感謝しています。

私の音痴を直してくれたC叔母が亡くなった、と母から連絡がありました。もしかしたら、ノイローゼのような症状があったのかもしれません。

ノイローゼは夜も眠れないし正常な行動もとれなく、思考能力もおとり、何をしでかすか自分でも判断がつきません。自分でも自分自身がわからないのです。

とてもこわい病気です。

二章

社会人として

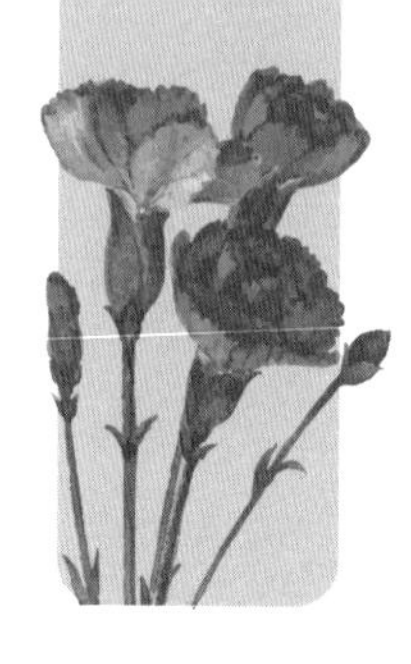

短大時代の友達も彼も遠くに行ってしまい、私一人だけその場所に残りたくなかったので、ある都市でサービス業の仕事に就きました。やはり今度も会社の寮に入りました。今度は一人部屋でした。数年前の受験を抱えていた時の寮もこのように一人部屋だったらよかったのにと残念でなりません。寮にいる若い年下の女子たちに、「私の年で寮に入っているなんて。ふつうはアパート暮らしですよ」と言われました。

資金が少し貯まったので、会社を辞めて寮を出て、今度は教材販売の会社に入社して一人暮らしを始めました。

営業職は厳しく、成績が悪いと朝礼で怒鳴られました。帰りも数字を報告するのですが、悪いとすぐ帰してもらえず、説教が待っています。朝八時半に始まり夜九時まで帰ることができず、家につくのは夜十時頃でした。私は車を持っていなかったので、お客様のところへはバスと電車で行きました。スケジュールもハードで、前のお客さんの対応が長引いて次のお客さんとの予定の時間に遅れてしまい、門前払いを食らってしまったこともありました。具合が悪くなって、何度も喫茶店で休んでは次のお客さんのところへ行き、また休んではお客さんのところへ行きといった具合です。

また、受験生をターゲットにしていたので、塾終わりの夜九時以降のアポが多く、説明が終わる頃は夜十一時をまわっていました。その時間になると当然バスもありません。節約のためにタクシーを使うのも控え、一時間も歩いて帰った記憶があります。某米軍基地のそばを夜十二時頃、人ひとり通っていない電信柱の灯りだけの道路を、重い教材が入ったカバンを持ち、足早に一生懸命歩きました。

今思うと、よくやったと自分自身、感心します。あの若さだったからできたのかもしれませんが、今では絶対できません。私より後に入社した当時五十歳くらいの女性と仲が良くなり、二人で励まし合って頑張りました。彼女は仕事がきついため身体を壊し会社を辞めました。彼女が辞めたことで、寂しくてぽっかり心に穴が開き、やる気が失せてしまいました。

この時、三十歳も後半に差し掛かっていました。みんな結婚しているのだろうなと、よく電車の中でため息をついたものです。これといった人に出会うわけでもなく、独身時代は続きます。

営業員の一人が保険会社に転職し、彼女から保険会社に誘われました。体調もすぐれなかったので会社を辞め、彼女からではなく他の友人から紹介された保険会社に入社しました。

同じ営業なのに、学習教材の営業に比べると楽でした。私の長い保険会社勤めはここから始まりました。

入社した保険会社は、職域中心の大きい支部でしたので都会にあり、片道約二時間の通勤でした。一か月のノルマも大きく、朝六時頃家を出て九時に出勤し、お客さんの自宅、勤務先をまわりました。昼は担当の企業に行き、休憩をはさむと、夕方また担当の会社を訪れる毎日でした。そのため、自宅に着くのは夜十一時頃というような、ハードなスケジュールでした。

都会のことでいえば、こんなこともありました。ある駅で具合が悪くなってベンチで横になっていた時のことです。何百人、何千人もの人が私に目も向けず通り過ぎていき、一人として「大丈夫」ですか？　という声もかけてくれませんでした。人の温もりがあまり感じられなくて、都会の冷たさを感じました。

話を戻しますと、私が配属された部署は、入社して一年以内に資格を取らなければクビという厳しい部署でもありました。模擬試験が悪いと、夜十時過ぎまで勉強させられました。

私は、大手の会社二社を担当することになりました。ある大手の会社は私に合っていたのか成績が良く、反対にもう一社はダメでした。知識不足だったり書類ミスをして、お客さんに担当を変えてくれと言われたこともありました。

毎日が忙しくノルマとの戦いで、慌ただしく月日は過ぎていきました。お客さんにアポを取っていたのに、急用ができて三時間くらい待たされたこともあります。それなのになかなか成果につながりません。忍耐が求められる職業です。

営業は数字との戦いですが、時間も自分で調節できますし、滅多に入ることができないすごい会社に出入りさせてもらい、なかなかお会いすることのない会社の人たちに会える面白さもありました。

しかし、この仕事は死と向き合わなければならないこともあります。

私のお客さんで、二人のお子さんがいらっしゃる四十代の主婦の方がいらっしゃいました。ある日、ご主人から電話があって「妻が亡くなった」と。

お悔みを持ってご自宅にお伺いした時、保険を新しい内容のものに切り替えたばかりで、死亡保障が前の保険よりも少なかったので「なんで切り替えたんだ。余計なことをして」と不満を言われました。結局、切り替える前の死亡保障で支払われたのでご主人は安心なさいましたが、これは保険会社ならではの衝撃的な出来事でした。

他にも、同業者から聞いた話ですが、生まれたばかりのお子様がいらっしゃる方から保険の申し込みをいただいて申込書と健康診断書で問題がなく、入金すれば成立というところまで進みました。しかし、その日の夕方、交通事故でご主人がお亡くなりになってしまったのです。入金ができていないため保険金は一円も下りず、お葬式で奥様が小さなお子様を抱え途方にくれていたそうです。その日に入金しておけば数千万円の保険金がおり、生活は安泰だったはずです。彼女も葬式に出席して、涙が止まらなかったと言っていました。

人の命はいつどうなるかわかりません。明日生きているかどうかは、誰にもわからないのです。

しかし、反対に保険によって人を救うことができた経験もありました。私の契約をいただいたお客さんですが、某会社のとても偉い方に保険を提案させていただいたことがあります。リーダーに同行してもらったのですが、保険の内容が昔のままなので、新しい保険に切り替えるように提案しました。しかし、いくら説明しても首を縦に振ってくれません。根気よく何度か足を運んで、ようやくご契約いただきました。

その方がその二か月後に病気で入院されたのです。新しい保険に切り替えたおかげで、入院給付金が前の保険よりかなり多く支払われました。後日、奥様から丁寧な感謝のお手紙をいただきました。保険はまさに生ものです。

優績者の話を聞くと、人と同じことをするとそれなりなので、常に人と違うことをしていたそうです。例えば市場の担当を希望して他社が来ない朝六時に行き、また病院を担当したとき看護師さんから「夜勤なので夜中の二時に来てほしい」と言われ、車を飛ばして伺い、保険の契約をいただいたそうです。

保険会社での勤務は私にいろいろな学びを与えてくれましたが、成績不振や精神面の不調が身体に出て辞めざるを得ませんでした。

後でまだ会社で頑張っている仲の良かった仕事仲間に聞いたのですが、一緒に働いていた頑張り屋さんががんで亡くなったとのこと。まだ三十代後半で若くて、幼いお子さんがいらっしゃいます。とても感じが良い子だったので、みんなにかわいがられていました。子供が少し大きくなったら、また復帰したいと言っていたのに。同業者の友人が葬儀に行ったらお父さんが憔悴なさっていて、葬儀に参列した友人がなんと言葉をかけていいのかわからなかったそうです。彼女も号泣して帰ってきたそうです。本当に人の命はわからないものです。

他の友人の知り合いで四十代くらいの主婦の方と知り合いました。彼女は乳がんを患っていて、医師に手術を勧められていたのですが、手術をするとメスに付いたがん細胞が飛び散り、他の組織に付着して、絶対に治らないと信じてしまい、手術をしないで健康食品で治すつもりだと言っていました。一か月に健康食品にかかる金額は約二十万円、お母さまが残してくださったお金を崩して使っているとのことでした。健康食品を飲んでがん細胞が数センチ小さくなったので、もっと頑張って飲むと言っていました。

友人にあの主婦の方はどうしているのかと尋ねたら、ホスピスへ入所したとの事。彼女は肺に水がたまり、入所して数日後、亡くなりました。頑として手術を拒んだ彼女、その判断が正しかったのかどうか、手術をしたほうが良かったのではないかと友人と話しました。ご主人と小学校の男子のお子さんを置いて旅立たれましたが、お子さんはお姉さんが育てるそうですが、「この子を育てなさいとの神様のお告げなのかも」と言っていたそうです。

定年後の父

父が六十歳で会社を定年退職して、友人の勧めもあり、懐メロのサークルに入りました。仲間に誘われて、あちこち飲み歩くうち、ある女性と良い仲になりました。

それ以降、父の金使いが荒くなりました。初めは祖父の残したお金から約一千万円以上を一年間で使い、家にはほとんど生活費も入れないで、数十万円のイヤリングやネックレス、洋服、化粧品などを買っていたそうです。親戚の結婚式で偶然、店主と会うことがあり、彼に母が「奥さん、幸せだね。旦那さんにたくさん買ってもらって」「えっ？」「旦那さんからイヤリングやネックレスなどをたくさん買っていただきました」と言われて、父は愛人か誰かに買ってあげていることを知りました。母と私はそんなの一つも父から買ってもらっていないのに。母の怒りは言うまでもなく、父を問い詰めましたが、彼は知らんぷり。家計は火の車だというのに。

父は年金が入ると、母にお金を貸してくれと言ってくるのだそうです。母は「貸さない」と言うと、父は「生命保険を解約する」と脅かしてくるので、保険を解約されたら困る母は仕方がなく貸してしまいます。それが年金をもらうたびに繰り返し行われるやりとりです。

母は大変だったと思います。母は「私と同じくらいもらっているのに、何に使っているのかしら?」と首をかしげます。大体、母は察していると思いますけれども。

生活費にも家の修繕費にも、父はほとんどお金を入れませんでした。これらは母の年金で賄っていました。父と買い物に行くと、母から頼まれたもの以外も購入し、私には「母に言わないでくれ」と口止めをしますが、私は母が気の毒だと思い、内緒にすることはできませんでした。しだいに父は母に内緒にできない私と一緒に買い物をするのを嫌がるようになり、私の目を盗んで出かけるようになりました。朝、愛人宅からごみ袋を運び、車のトランクからそのごみ袋を出して自宅近くのごみ置き場に捨てていた父の姿を近所の人が見ていました。父は懐メロの中心的な存在になってくると、握手する人に一万円ずつあげていたそうです。父はみんなに母に言わないでくれとお願いしていたみたいですが、父が亡くなった後、父から一万円もらったと言う女性の人が母に話したそうです。

愛人宅に父は段ボール箱に味噌、醬油等、食べ物をたくさん詰めて、持っていき、愛人から友人が好きなものを持って行けと言われて、もらってきたとも言っていました。ある人は、父から洋服を買ってもらったなどと母の耳に入ってしまい、母はノイローゼ状態になって自殺しようと思ったそうです。

父は祖父の残したお金がなくなると、祖母が残したお金を使い、それがなくなると祖父が貯金してくれていた母の定期預金と同じく、祖父が貯金してくれていた私の貯金まで手を付けるようになりました。娘の貯金まで手を付けるのか、私より愛人のほうが大切なんだと、父にはがっかりしました。祖父や祖母が残してくれたお金が父の道楽で消えてしまい、生活はますます苦しくなっていきました。

母は離婚しようと思ったらしいのですが、父は首を縦に振らず離婚はできませんでした。父が亡くなった後、貯金通帳に残されたお金は三千円しかありませんでした。その三千円を受け取るために銀行に三千円の手土産を買っていき、窓口の人に笑われてしまいました。

父はお人好しでしたので自分のカラオケの機械を希望があれば、施設や個人宅に自分で持っていき、返してもらうのも自分で取りに行きました。字が達筆なので、よくあちこちから頼まれて、書いていました。父は外づらがいいので彼を悪く言う人は、私の知る限りではいません。

仕事を辞めて、次の仕事が見つかるまで一時、帰省しました。ある時父の車でドライブしましたが、私の横で運転している父が「孫がいたらなぁ」と呟きました。若い頃、あれほど結婚したいと言ったのに無視して、「今さらなによ」と腹がたちました。

学校の仕事に就く

私はハローワークで見つけた某高校で、教師の助手をすることになりました。

家庭科の教師の免許を持っているので、調理実習の助手と先生方の補佐、雑用などをしました。雑用は辛かったですが、高校の仕事は案外面白かったです。面接で説明された仕事の内容よりも、実際の与えられた仕事の量がはるかに多く、雑用がほとんどなので説明を受けた仕事の内容と違うと思いましたが、採用されたので頑張りました。

家庭科の先生に「非常勤講師の登録をしたら」と言われ、そういうのがあるのかと初めて知りました。三月で採用期間が終わり、早速、某市の教育委員会に講師の登録をしました。

すると、すぐに某中学校から電話がかかってきて、家庭科の非常勤講師をすることになりました。高校とは違い、一年生〜三年生まで一人で担当することになりました。一年生はかわいらしく、あどけないと思っていたのに、数か月後には身長が約三十センチも伸びた生徒がいて、成長の著しさに驚かされました。

授業は初めてだったので、生徒も聞きにくかったと思います。クラスによって雰囲気が全然違います。ひどいクラスは、生徒が黒板に文字を書いている私に向かってボールペンやそのサックなどを投げてきますし、チョーク入れも何度か隠されました。ゴム飛ばしもしようとするし、慣れるまで生徒が怖くてびくびくしていました。

生徒たちも、新米教師だと思うと余計にからかってきます。私たちが生徒の頃は先生にこんなことをしたかしら？　と首をかしげてしまいます。その当時、そんなことをしたら教師に殴られていたかもしれません。

私が何か言うと、「教育委員会に言ってやります」と生徒に言われて、今の生徒は教師の弱みを握っていると思いました。

通信簿の成績をつける時は、必ず徹夜になりました。夜中、「生徒がたまにドアを叩くから気をつけて」と言って技術の先生が別の部屋に行き、一人職員室に残っているとシーンとしてとても怖かったです。夜が明けて空が明るくなり六時をまわると一人、また一人と先生方が入ってきます。朝の提出の時間に間に合い、ホッとため息をつく次第です。

そのまますぐ授業に入ります。が、頭がぼーっとしてまわりません。二日徹夜が続いた日の次の日かその次の日は熱が出ます。

しかし、うれしいこともあり、三年生のある男子生徒は熱が三十八度以上あるので親に学校を休むように説得されたのですが、「洋裁の授業があるので休めない」と言って登校しようとしたそうです。結局、家族の強い説得により、休みましたが、それを担任の先生から聞いて少し嬉しくなりました。

生徒達は実技の授業の方がどちらかというと好きで、洋裁をしたいという生徒の希望で、放課後も希望者だけの授業をしたことがありました。

この中学校で感じたのは、教師の立場は弱くなったということです。

ある父兄から、「成績が下がったのが納得いかない。娘に説明してほしい」と言われ、説明しましたが、完全に納得した感じではありませんでした。

またある時は、生徒の母親から教頭先生が私のことで叱られたそうで、生徒に頭を下げたこともありました。何でも「息子が一生懸命描いた絵を消すなんて、どういう教育をしているのか」と母親が教頭先生に怒って電話をかけてきたそうです。五ミリくらい消しただけなのに。しかし反論することも許されず、生徒に謝りました。母親でもある友達に話したら、「過保護すぎる、私だったら絶対にそんなこと先生に言わない」と驚いていました。こちらの擁護をしないで、父兄にただ謝るばかりで何も言えない学校側に失望しました。

私には考えられないのですが、授業で調理実習の説明をして持ち物も話したのに、ある生徒が「持ち物がわからなかった」と調理実習を欠席しました。教頭先生から「早く謝ったほうが良い」と休日に呼び出され、今から生徒に謝ってほしいと言われ、謝りに行きました。他の生徒たちはきちんとエプロンとか三角巾とか持ってきているのに、聞いていないその子が悪いでしょう、授業中も絵を描いたりしているから聞いていなかったのだろうと思いました。教頭先生に「他の生徒は聞いているのですよ」と言いましたが、「聞いていない生徒がいるのは困る。

口頭ではなく、黒板に書くとかプリントを全員に配るとか、そういうこともしなかったのですか？」と言われ、呆れてものが言えませんでした。

担任の先生にも、「生徒に迷惑をかけましたね。きちんと謝ってください」と言われて、生徒の目の前で「わかるように説明しなくてごめんなさい。今後、気をつけます」と頭を下げて謝りました。「今後、こういうことがないように気をつけてください」と担任の先生に注意されました。どこまで過保護なのだろう。こんな教育ってあるのかな？　とがっかりしました。

私によくしてくださっていた技術の先生が、身体が悪くなり退職するというので、私も来年もやってほしいと言われましたが断りました。私はまた仕事を探さなければならなかったのですが、その中学校で働く気はありませんでした。

父の死

仕事を探している最中に、母から父が亡くなったと電話があり、翌日葬儀場に駆けつけました。ついこの間まで元気だったので信じられませんでした。

あまりにも急だったので涙も出ず、父の肩を揺すって「起きて」と言いたいくらいでした。父の葬儀から、それまでのキリスト教を仏教に改宗しました。私は反対でしたが、お墓やお寺の関係などから母と親戚が仏教に決めました。宗教を変えると、仏壇もすべて変えなければならなくて大変でした。

火葬の前日と翌日の二晩、家族控え室に母と二人で泊まりましたが、壁からバンバンという音が一晩中聞こえてきて、私は怖くて二晩ともほとんど眠れませんでした。母は私の隣ですやすやと眠っていました。母にはそのような音は全く聞こえなかったそうです。

葬儀を済ませてから自宅でも四十九日頃まで壁などからすごい音が聞こえ、怖くて一人で寝られず、母のそばを離れることはできませんでした。その音は私だけが聞こえているようでした。死に目に会えなかった父から私へのメッセージなのかもしれません。どこでもすやすや眠っている母は強いと思いました。私は母のそばで震えていました。しかし四十九日を過ぎた頃から音は聞こえなくなりました。誰が四十九日と決めたのか、本当に四十九日を境にあのうるさかった音が止みました。私は自分の部屋へと戻りました。

実家に戻った私

父が亡くなったので実家に戻った私は、長い間母と別れて住んでいたせいか、一緒に住むようになると意見が合わなくて対立ばかりしていました。今もですが。母は友達に私の不満を言っていました。

バラの手入れがわからなくて父が大好きだったバラを何本も枯らしてしまいました。盆栽も処分しました。父の洋服からオーディオや使用していた椅子まで、ほとんど捨てました。趣味のカメラもほとんど処分しました。

最初は父と一緒に訪れていたお店に、足を運ぶこともできませんでした。二人で行っていた買い物も一人になって、寂しさがこみあげてきます。

少し落ち着いた頃、いつものように買い物に行きました。そうしたら幻覚が現れてきて、彼が私に教師になれと囁くのです。あまりにも聞こえるので気分が悪くなり、買い物ができませんでした。

二十歳の頃、彼は私に教師になれと言いました。そのことがあれから四十年も経っているのに聞こえてきたのです。

紹介された病院に電話したら、「すぐ来てほしい」と言われたので二時間、車を飛ばして行きました。

担当医からは「統合失調感情障害」と言われました。嫌なことはやらなくていいと言われ、精神安定剤を処方してもらいました。やはりまだ身体が本調子ではなく、ここ数年は、母の介護疲れもあり、幻覚に悩まされてなりません。

この病気は一旦かかってしまったら、なかなか治りにくく、繰り返し襲ってきます。

高速道路を走っていた時、いきなり多くの人の顔が浮かんできて怖くなったことがありました。壁にぶつけたら楽になるだろうか？　と思って走ったこともあります。

考えてみると、私の行く道は常に邪魔な壁ばかりにふさがれていたような気がします。なぜスムーズにいかないのだろう、となぜこんなに逆境ばかり襲って来るのだろう、と悲しくなります。

私を部屋に閉じ込めて外との関係をシャットアウトし、拘束し続けた祖母。それを打破できなかった私。母は「他人のせいにするな」と言いますが、どうしてもしてしまいます。振り回された自分も反省しなければなりません。自由にしてくれたらこんな病気にはならなかったのに、残念です。

この病気になると保険にも入れません。なぜならば治癒が難しいから。いつ治るか見当がつかないからです。だから私は新しい保険に切り替えることができませんでした。

またこの病気は自分のレベルを落とします。幻覚、妄想がそういう方向に導くからです。私が行動を起こそうとすると幻覚が現れてきて私を睨みます。そのため何もできません。

気持ちが落ち着くと今度は、身体はどこも悪くないのに精神の病で子供を作れなかったことにやりきれない思いで、取り返しのつかないことをした悔しさがこみあげて涙が止まりません。

これは浦島太郎みたいなものです。病気が良くなり気がつけば、子供を産めない年齢になっていました。もっと多くの男性と出会っていたらもっと楽だったのに、もっと楽しかったのに。男性と付き合うことはちっとも恥ずかしい事ではないのです。

繰り返しますが、二十代は人生の土台です。最も大切な時期です。そこで一生の人生が決まると言っても過言ではありません。
私は結局、素敵な人生、素敵な男性を失いました。祖母が亡くなって二十年くらい経ちますがこの世にいない以上、今となっては怒りをどこにぶつけていいのかわかりません。泣いても、泣いても、時は戻ってこない。毎日やるせない思いで過ごしています。

そんな日々が続き私は自暴自棄になり、友達に死んでしまいたいと言ったことがありました。すると、「死はあなたが決めるのではない。神様がお決めになるのだから、神様を裏切る行為はやめなさい。自殺は絶対にしてはいけない。あなたの命を神様に委ねなさい」とクリスチャンの彼女は言い、聖書の文章をいくつか送ってくれました。それは天使の羽のように私の心に優しく響き、今も心に残っています。

生きる気力もなく、テレビをボーッと見ていた時、東日本大震災で三人のお子さんを亡くされたご夫婦が映っていて、「自分たち夫婦だけが助かった。子供たちの後を追い自殺しようと思ったけれど生かされた命、この子たちの分まで、これから頑張る」とおっしゃっていました。子供に先に逝かれるのは相当辛いと思いますが、そのご夫婦は、特に奥さんはとても明るいのです。その方たちを見て私も勇気をもらいました。

他の友達は「普通だったら自殺をしてもおかしくないのに、生きているというのは何か神様はお考えになっているのよ」と言ってくれました。

もしかしたらそれは、「統合失調感情障害」の怖さを伝えなさいということではないか？　と思うのです。

クリスチャンである彼女によると、私たちが今日生きているのは普通じゃない、奇跡なのだそうです。

精神病にあるのは後退ばかりで、それはとても無駄な時間です。私の友達もこの病で苦しんでいます。彼女は幻聴がひどくていろいろな声が聞こえてくるそうです。時々彼女から「苦しい。助けて」と電話がかかってきます。私にはどうすることもできず、病院に行くように勧めますが、行く日は決まっているそうです。十年くらい前から幻聴が聞こえてきたそうですが、その約十年間で幻聴が全く聞こえなかった日はたったの五、六日だそうです。

彼女は小、中学生時代、学級委員をつとめたり生徒会長に立候補したりして学業は優秀でした。有名短大に入学しましたが、そこで事件がありました。

その短大は田舎にあり人通りが少ない場所で、彼女は自転車に乗って走っていました。そのあとを乗用車がついてきて、車に押し込められレイプされてしまったのです。一晩中、彼女は泣きました。それ以降彼女は体調も精神も不安定な日々が続き、短大を終えて帰省してしばらくすると、幻聴が聞こえてくるようになったそうです。

彼女は夢がないと言います。何もしたくないといつもゴロゴロしています。彼女の両親も困っていましたが、それが病気なのです。

気晴らしにドライブに誘いますが、「そんなに遠くに行ったら帰って来れない」というのです。「私の車で行くんだよ」と言っても聞きません。「どこかに行きたいけれど怖くてどこにもいけない」と、幼い子供が言うようなセリフです。何かをしたいという希望もなく、ただ生かされているから生きているという感じです。「動けなくなったら施設に入って死ぬの」と言っています。この頃は何十丁の鉄砲が天井や壁や床から自分を狙って、今でも撃ってくるような幻覚が見えるのだそうです。怖いと言っていました。

父が亡くなった後、小学二～三年生の時の恩師が私の家に訪ねていらっしゃいました。この近くを通ったから確かこの辺だと思って、とのことでしたが、当時乗っていたのと似たようなバイクでいらっしゃいました。「懐メロではお父様にお世話になった。物静かでいい人だった」とありがたくも父のことをそうおっしゃってくださいました。お年は八十代半ばになられるそうで、お孫さんが薬科大学に通っているとのことでした。これからその私の友人の家にも寄るとおっしゃいました。手前味噌ですが、その頃の彼女も私も優秀な生徒で、彼女はいつも学級委員に選ばれていました。それが今では二人とも障害者です。人生、誰がいつどうなるかなど全くわかりません。

私の死はどのようにして訪れるのだろうか？　とこの頃考えます。何度も言うようですが精神の病は後退ばかりです。患っている歳月はとても長く、その月日はとても無駄なのです。その人の大切な人生が失われてしまいます。その人の人生をダメにしてしまうのです。

人を拘束するなどという恐ろしい行為は、やがて妄想、幻覚、幻聴を引き起こしました。また、拘束はその人の成長を止め、精神障害を引き起こします。幻覚、妄想が現れるたびに、それに向かって自分を責めて、一人芝居をしてきました。誰も見ていないのに。私は自分を失ってしまい、それらに操られるのです。良いほうには行かないで、悪いほうへと導かれてしまいます。とても苦しい思いをしてきました。妄想から覚めて気づいてみたら、すごく年をとってしまって人生取り返しがつかず、大変なことになってしまったという感じです。

拘束は人間に対して行う行為ではありません。


以前、私は九十三歳の母に「人生面白くないから死にたい」と言ったら、「ばからしい。人間、死ぬ気だったらいつでも死ねる。生きることのほうが大変だ」「死んだほうが楽かもしれない。楽なほうを選ぶな」と言われました。

数日経ってまた母に「死にたい」と言ったら「死にたければ死ねば。お母さんは人生、楽しくてしょうがない」との返事。

「その年で人生楽しいの？」と聞いたら母は、「楽しいよ。死にたいなんて考えられない」と言っていました。やりたいことがまだあるそうです。

自殺をした芸能人が何人かいますが、死にたくなる気持ちはわかります。しかし一人で悩みを抱え込まないで誰かに相談していれば、結果が違っていたかもしれません。

病気などで生きたくても生きられない命があります。反対に生きられるのに自らの手によって失われる命があります。生きたくても生きられない人がそれをどのように思うでしょうか？　贅沢だとでも思うでしょうか？

まさに今、自殺をしようとしている人はそのことを考えなくてはいけないのかもしれません。そして生きたくても生きられない命のことを考えましょう。

友達が言っていたのは「話す」は「放す」だそうで、話せば話すほど抱えているもやもやを手放すことができて、気持ちが楽になるということです。

夜、時々、友達と電話で話しますが、「子供がいなくて寂しい、欲しかったのに残念だ」と言うと「子供がいてもいなくても本人が死んでしまえば、子供のことを考えなくてもよくなる。関係なくなるから、後のことまで気にする必要はないよ。これから楽しく生きなさい」「これから。これから」と励ましてくれました。

私が今生きていられるのは、このように話を聞いてくれる友達がいてくれているからかもしれません。

入院

母の介護をして十年近くになりますが、心身ともに疲労困憊した私は、生きているのが辛くなり、紐で自分の首を絞めました。

紐を首に巻き、両手で引っ張ると右手の力が強いせいか左目が飛び出しそうで苦しくて紐を緩めてしまいます。子供もいなくて恋愛もできず母の介護に追われ、何の楽しみもない私は「死にたい」と言って、毎日紐で自分の首を絞めていました。

友達に「紐で首を絞めても苦しくて死ねない」と言うと、彼女は「苦しいと感じるなら、まだ生きていけるということだよ。だからそんなバカな行為はやめなさい」と言いました。他の友人は「死んでしまえば、この世界に戻りたいと思っていても、もう戻れないんだよ。だから与えられた時間を楽しく生きなさい」と言いました。また他の友人は「死ぬ勇気があったら何でもできる」と言いました。しかし「死にたい」気持ちは変わらず、紐で首を絞め続けている私に友達は入院を勧めました。私もそのほうがいいかもしれないと思い、入院することにしました。二か月の入院となりました。

私の担当の看護師さんに病室に案内される時、「死にたい」と言ってしまいました。すると「本当に死にたいの？」と私にその看護師さんが聞いてきたので「本当に死にたい」と言ったら、「荷物を全部取り上げます」と言われました。それは困ると思ったので「嘘ですよ」と言ったら「ここは精神科なので、そんなことは絶対に言わないでください」と注意されました。危ないので、と言って部屋にあるナースコールの紐など長いものはすべて、取り上げられてしまいました。

担当のケースワーカーと面談した時に「お子さんが三人いるなんて羨ましい」と言ったら「それはそれで大変よ。子供がいなければ自分の時間が作れて、いろいろなことができますよ」と励まされました。

コロナ禍のため、行動範囲は自分の部屋と廊下とトイレと談話室だけで、部屋にテレビはなく、談話室で観ることになります。月～金曜日まで午前と午後、リハビリテーションがありますが、行動範囲が狭いので一日が退屈で仕方がありませんでした。朝、昼、晩の食事が楽しみでした。

私と仲良くなった同じ年頃のある女性は台所で調理をする時、水道の蛇口をひねると流れる水が声に聞こえて料理ができないそうです。ドアの音も声に聞こえるそうで、ひどい時はあらゆる音が声に聞こえるので入院したと言っていました。

「そうなったのは何が原因？」と彼女に聞いたら「長い間、蓄積されたストレスかな？」と言っていました。彼女は私より二週間前に退院しました。

二か月の入院で母と距離を置き、身体を休めたのが良かったのか、退院してからは死にたいと思う気持ちがなくなりました。


私は発病して四十年くらいになりますが、いまだに左の背中が何かに怯えて伸びないでいるので、妄想が取り憑かないように痛みが走りますが、身体を伸ばして動かしています。

この四十年間、躁鬱状態を何度も繰り返して、鬱状態に悩まされてきました。仕事で酷使され続けてきた身体でこの病を治すには、ゆっくり休むことが大切です。ストレスで硬直した身体をゆっくりと解すことが必要だと思います。とにかく身体を休めることです。

気晴らしして常に新しい風を感じ、いろいろな人たちと話して、明るく生きていくこと。適度な運動をしてストレスをためないことです。大声で身体を震わせて笑うことも大切だと思います。身体が休まると妄想が消え、今をはっきりと見ることができます。

今後はなるべく楽しく暮らすこと、リラックスして生きること。病院の先生にも「無理をしてはダメ」と言われているので、台所に入っただけで、具合が悪くなる時は、母親に申し訳ないのですが、料理はしないことにしています。家にいると、気分が落ち着かないので、なるべく外に出るようにしています。緊張がほぐれ体がリラックスしてくると、心臓に痛みが走ることもあります。

今、精神の病で苦しんでいる人がたくさんいると思います。

あまり薬に頼らないで、のんびりと新しい風を感じ、趣味を生かし、楽しく生きること。薬も大切ですが環境はもっと大切だと思います。

なぜ鬱になるのか？

私の体験から言わせてもらえれば、精神面でも肉体面でも抑えられて、自分が好きなように自由に思い通りに動けない、自分のやりたいこと、好きなことができないからです。それらを抑えてしまうから、また、他人から自分を否定され、自分自身を否定し、自分自身に自信がなくなり、自分自身を追い込んでしまうのです。

家族はその人のストレスを軽減するため、逃げ道をつくる必要があると思います。

友人が私に「一人っ子の犠牲になってしまったんだよ」と言いました。本当にそう思います。その当時、家族の目が私にばかり集中して、動きが取れなく、とても苦しかったです。今、母は、退院した私の食事に気を配ってくれているため、感謝しています。が、当時のことを忘れることはできません。

宝塚歌劇団の動画を見て、あの素晴らしさに感動しました。死んだら見られない。生きなければと思いました。

あと寿命はどのくらいかわかりませんが、今までを取り戻すことはできませんが、大切なのはこれからどう生きるか？　明るく楽しく生きたいものです。

テレビをつけると私と年齢が近く、独身で頑張っている芸能人がいます。彼女たちを見ると、生き生きとしていて、とても励まされます。

私が短大を卒業し自宅で編入学の受験勉強に、前向きに一生懸命取り組む行動は、彼から返事が来なかったことや周りから非難されたことによって妨げられましたが、間違ったことではなかったのです。

しかし、当時の私を認めて「間違っていない」と言ってくれる人はおらず、私を取り巻く周りの障害のせいで、私のしていることはもしかして間違っていることなのだろうか？　と自信がなくなり、落ち込んで意欲がなくなってしまいました。自分自身で、自分を否定してしまい、自分がやりたいことと真逆の考え、行動をしてしまいました。彼のことを忘れて勉強に取り組むことはいけないことなのだろうか？　とくだらない考えをしてしまい、彼のことを二年間、一日たりとも忘れませんでした。何度も頭から消えそうでしたが、消してしまえばいいものを無理に思い出して忘れないようにしていました。このことを彼はもちろん知る由もないのに、本当に馬鹿げたことでした。

これは正常に身体が動いてないからだと思います。正常になってくると、あれもしたい、これもしたいという気持ちが湧いてきます。

今、この年になって、四十年くらい前の受験勉強に取り組んでいる私を思い出しますと、なんであんなことをしたのだろう。何やっているの？　と自分に向かって叫びたくなります。バカなことばかりしていたような気がいたします。いえ、していました。

情けない。後悔先に立たず。後悔ばかり残る人生になってしまいました。自分を抑えないで、自分のしたいことをもっと思いっきりすればよかったと後悔しています。

私の場合、青春がなかったのに、人生の残り時間がもう少しだと思うと悲しくなります。


私は心が病んでしまったため、一人っ子なのに子孫を残すことができなかったことは残念ですが、それでも今は自殺しなくて良かったと思います。

鬱で自殺を選んでしまう人がいますが、自分で自分をどこまでも追いつめてしまうのだと思います。その気持ちを知っている私だからこそ、「あまり追いつめないで」と言いたいです。

友達に「ハガキ一枚で振り回されるなんて、情けない」と言ったら、「自殺は些細なことでするんだよ。無視されただけで自殺する人もいるらしいよ」と言っていました。

気持ちを変えるのは、簡単なことではありませんが、少し目線を変えると、気持ち、考えを変えると違う道が見えてくるのではないでしょうか？

普通は「○○になりたい」「○をしたい」と希望があります。鬱を患っていると「何もしたくない、どうだっていい」となげやりで希望がありません。身体がストレスを抱えていると、幻覚が現れて、相手のことが見えて、その人に演技をし、自分の好きなことができず自分を失ってしまいます。自分の嫌いな人間を演じてしまうのです。

また、どうだっていいと自分を大切にしなくなります。

人間は、モチベーションを高く上げるように、目標に向かって行く気持ちを持つことが大切なのかもしれません。身体がストレスから解放されると自分を高める努力をし、自分が好きなことをしたくなります。

大学受験勉強の意欲を彼から返事がこないことで阻止され、祖母の拘束によりノイローゼになってしまいました。二十代は特にノイローゼにしてはいけないのです。まともな環境にはまともな精神が宿り、そうでない環境にはそうでない精神が宿ります。

「～したい」と思えることは素晴らしいことです。鬱病患者からしてみればうらやましいことです。

私の考えですが、鬱は「～したい」という夢や希望がありません。強いていえば、「死にたい」という感情だけです。自分で自分を追い込み、まだ生きているのか、など思ったこともあります。自分を大切にしないのも確かです。まともな人間はまともな生き方が出来ます。それが出来なければ生きている意味がありません。

人は輝かしい人生を歩まなければならないのです。

自分のレベルを上げる気持ちがあるのは幸せな事です。鬱はその気持ちがありませんので気の毒です。鬱になると一日生きているのが大変なのです。だから鬱になってはいけないのです。

ここまで苦しい半生を書いてきましたが、この話を聞いてくれた友人たちとの会話や今回の執筆活動を通して、とは言っても学費や生活費を支えてくれた親の支援があったからこそ、今の私があると少しは思えるようになってきました。両親ももしかしたら、私の人生を縛ってきたことへの後悔を感じていたのかもしれません。でもやはり生きていくのは自己責任です。

これからは、自分の気持ちに素直になれるように、素直な気持ちを持ち続けていけるように努力していきたいと思います。

「今に生きる」「今日に生きる」という言葉が好きです。

「落ちてきたら、今度はもっと高く高く打ち上げようよ」まさにそうですね。

「高く飛べ。頑張れ」と自分に言い聞かせて。

自分にファイト！

あとがき

長い愚痴のような話になってしまいましたが、その瞬間、瞬間を必死に苦しみに耐えた自分と同じように今、この瞬間も苦しんでいる方々がいらっしゃるのではないかと想像して皆様の目にさらす決意をし、このような書籍という形をとらせていただきました。

「統合失調感情障害」は実際、私が患っている病気です。担当医は「統合失調症」とほとんど変わらないとおっしゃっていました。以前は「精神分裂症」という病気でした。患ってしまうと、なかなか治りにくい病気です。鬱との戦いはとても過酷で、死が見え隠れします。普通に生きていることが辛いのです。すごい人になるために頑張るよりも、鬱で生きているほうがよっぽど辛いと感じます。大変だと思います。一日がとても長く感じる時もあり、日々を過ごすのがとても辛く、苦しいのです。しかし頑張って生きるしかないのです。生きていれば、いつかきっと良いことがあると信じています。だから自殺はしないで！　と言いたい。拘束は人の道からはずれた行為だと思います。自主制がなくなり、ロボットや操り人形のようになってしまいます。絶対にしてはいけない行為です。された人は地獄の人生を歩むことになるかもしれません。

私の体験が、少しでも読者の皆様にお役に立てれば幸いです。

目標に向かって一生懸命頑張るほうが、鬱で何も手につかないより楽なのです。

出版にご協力していただき、この本を書くきっかけを作ってくれた伊藤宏美さん、文芸社企画部と編集部の皆さんに感謝いたします。

親が子供を鬱(うつ)にする

2023年３月15日　初版第１刷発行

著　者　白鳥 薫
発行者　瓜谷 綱延
発行所　株式会社文芸社
〒160-0022　東京都新宿区新宿1－10－1
電話　03-5369-3060（代表）
03-5369-2299（販売）

印刷所　株式会社フクイン

ISBN978-4-286-25003-8　JASRAC 出2203534－201